Le plus court chemin

Éditions Verdier
11220 Lagrasse

Du même auteur
aux éditions Verdier

Nos mères, 2014

Pense aux pierres sous tes pas, 2018

Moi, Marthe et les autres, 2018

Mahmoud ou la montée des eaux, 2021
(Prix Wepler et Prix Livre Inter)

Antoine Wauters

Le plus court chemin

Roman

Verdier

www.editions-verdier.fr

ISBN : 978-2-37856-177-2

Nous sommes les lieux où nous avons été.

Jim Harrison

Je suis plus heureuse. J'ai atteint un stade où je n'ai peut-être plus besoin d'un film entre la vie et moi.

Jane Campion

Cips, cips
Da di doo di doo
Ci-boom, ci-boom-boom

Paolo Conte

J'ai vécu jusqu'à mes dix-huit ans dans un petit village d'Ardenne où mon imagination se trouve encore. Que je le veuille ou non, tout ce que j'écris vient de là : des quelques mètres carrés du hangar à poules de Papou, de l'odeur des fraises qu'il cultivait derrière l'église, face aux collines de Hoyemont, au-dessus de l'Ourthe et de l'Amblève, des silos à foin de la ferme de Jacques Martin, des bêtes sachant d'instinct trouver le bonheur, des machines agricoles défoncées par l'usage, dans le purin.

Je suis marqué à vie par ce monde presque disparu. C'est une immense joie et une immense peine. Je ne peux pas le dire mieux : mon enfance me remplit et de peine et de joie.

Ne pas arrêter de faire signe à celui que j'ai été, tenter de le revoir et de revoir mon frère, tout cela porte un nom : écrire. Mes livres pourraient tous commencer par cette phrase, qui d'ailleurs ouvre l'un d'eux : « On était nés jumeaux, pourtant mon frère avait toujours été comme un aîné pour moi. » En un sens, ça résumerait tout.

J'avais peur de la ferme de Jacques, même si elle m'attirait. Il y avait là des oies, qui me paraissaient être des bras automatiques nés pour tuer, des dindons, des porcs et un verrat dont Jacques disait qu'il pouvait nous réduire en bouillie en un seul coup de mâchoires, si on s'approchait trop. Mais quelque chose m'y ramenait constamment, dans cette ferme, une chose qui m'attirait comme un poison. Je peux chercher partout, toute ma joie se trouve là, au milieu de ces « pierres d'avoine », près des silos, contre le flanc des bêtes, dans le purin.

Fasciné par ces vaches qui dormaient littéralement dans leur merde, je pouvais rester des heures entières à les regarder. Fou d'elles, fou comme on l'est toujours des choses qui nous font peur, fou comme je le suis encore de celles qui me dégoûtent. Le fromage, par exemple. Et le lait.

Fixer l'éternité contenue dans le regard d'une vache, son innocence blessée. Entendre le tracteur John Deere qui s'enfonce dans le bois du Fays. Parler avec la voix d'un enfant qui ne reviendra plus, la parole perdue. Fixer les cornes en croissant de lune des bêtes que Karine, l'épouse de Jacques, rentre aux étables, leurs mamelles déformées par les centaines de milliers d'heures de traite, leur rumination triste, lente, cette façon de mâcher constamment le même morceau de temps, exactement comme moi qui écris ces lignes.

La maison se trouvait dans le bas du village, au numéro 37 de la rue A Vi Tiyou, dans les remblais d'un trou aux crasses recrues de ronces et de fleurs sauvages, une de ces déchetteries dont nos campagnes ont toujours été pleines. Le terrain, en pente, filait droit dans le bois qui faisait partie de la propriété, un bois rempli de grottes et de roches à escalader, où nos enfants jouent aujourd'hui et où il me semble avoir laissé la part la plus vivante de moi. La plus cruelle. Et la plus douce.

À la lisière du bois, sur la section plane du terrain, on avait nos jardins potagers. Charles, son petit carré (sous le tilleul). Moi, mon petit rectangle (sous le sureau). Qu'importe : les fanes du céleri nous reliaient à Dieu.

Maman était une fan absolue d'Elvis Presley et des Beatles. Elle enseignait l'anglais et le néerlandais à Barvaux-sur-Ourthe, près de Durbuy, connue pour être la plus petite ville du monde. C'était une artiste. Elle peignait, surtout des fleurs. Papa était banquier. Il avait fait sciences économiques mais tout l'intéressait, rien ne le laissait indifférent, y compris la sculpture, qu'il se mit à pratiquer autour de la quarantaine. On vivait la vie que les gens vivaient alors, une vie où s'il y avait bien une chose qui n'existait pas, c'était l'envie de se mettre en avant. Les désirs y étaient enfouis. Et, parce qu'on était chrétiens, les autres avaient toujours la primauté sur nous. Une vie d'effacement. Pas de vraie terrasse, mais une table en plastique posée sur le gravier. Pas de barbecue, mais des briques et une grille en métal qui faisaient parfaitement l'affaire. Des voitures sans confort, blanches et rouges, garées elles aussi sur le gravier. Un cordonnier, Philippe Flies, réparait nos chaussures. On ne portait pas de marques et on n'allait jamais au restaurant. Pas de voyages à l'étranger. Notre

New York à nous s'appelait Chanxhe, le long de l'Ourthe. Liège, on ne s'y rendait que trois fois par an, et je ne pense pas avoir vu Bruxelles avant mes dix ans. On avait la télévision, mais on ne pouvait pas regarder les dessins animés violents, ni le Club Dorothée. On devait ranger la table et on avait nos « charges » : vider le lave-vaisselle, écosser les petits pois, tondre la pelouse et récurer la salle de bains avec la fameuse éponge verte et le Vim. C'était une belle période. Tout y a commencé et tout y a pris fin.

Notre école maternelle se trouvait à trois cents mètres de la maison. Maman m'y déposait avant de filer à Barvaux, mais je ne me sentais pas abandonné. C'est l'époque où les mots ne m'avaient pas encore décrotté, où je ne savais ni lire ni écrire mais où je sentais que, d'une certaine façon, j'étais sous leur emprise. Envoûté. Quelque chose de ce goût-là.

J'ai écrit mon enfance à mesure que je la vivais. Et je l'ai vécue en l'écrivant. Pas avec des mots d'écrivain, mais des mots qui restaient en l'air, sans laisser de traces, sans avenir, sans devenir, légers comme la poussière dans le soleil ou les ailes du milan au-dessus des poules de Jacques Martin. Des pages comme la lumière qui courait sur le mur de l'église. Des mots qui n'attendaient rien. Ne prenaient rien à personne. Ne jetaient d'ombre sur rien.

Le cri, le tu, le chant, la morsure, le chaos. Et s'il ne s'agissait que de ça ? Tenter de laisser ressurgir, dans tout ce qu'on écrit, ce que la faculté de nommer nous a pris ?

Maman, sur le chemin de l'école qu'on appelait la Petite École, avait pour habitude de me montrer les toiles d'araignées prises dans la haie de bonne-maman Flore, la maman de François Périlleux, le père d'un ami. Des « toiles de maître », on les appelait comme ça, et on passait de longues minutes à les regarder, main dans la main, sans plus rien ajouter. Savait-elle, au-delà du chemin menant à l'école, qu'elle me menait aussi sur les terres où je vis à présent ? La vie comme une haie d'aubépine. L'écriture comme une toile d'araignée. L'absolue nostalgie.

Je pense à mon père, au milieu de sa vie, quand il ne savait plus quel chemin prendre, qu'il ne pouvait plus travailler et passait ses journées comme ça, à flotter, lui qui d'ordinaire était si actif. Je le revois, un petit cigare roux de marque Mercator au coin des lèvres, claquemuré dans le garage où il sculptait des pommes et des poires dans du bois de merisier. Des bananes également. Malheureux comme un chien. Mais à moi, il semblait heureux. Je ne l'avais jamais vu aussi heureux. Et puis, comment pouvait-il ne pas l'être, puisqu'il était enfin à nos côtés ?

Pris d'une soudaine passion pour la nature, il s'en allait cueillir des rosés-des-prés (à défaut de girolles) ou des girolles (méprisant, dans ce cas, les rosés-des-prés) et ne revenait que le soir, la barbe grise, les vêtements sales. Assis sur le seuil, je le revois fumer. Un père. Ainsi qu'un étranger.

Je pense à son silence, dans son garage. Puis au silence de Pépé, qui se délesta des mots au fil des ans, pour finir mutique. Chez lui, l'apparition d'un mot a toujours fait figure d'événement. On aurait pu noter, d'une croix dans son Petit Farceur, les jours où il parlait. Questions : poursuit-on par nos propres silences des silences entamés plus tôt ? Y a-t-il une communication invisible des silences ? Dans quelle mesure sommes-nous, ou non, l'amplification des fatigues, blessures et « nœuds » de nos ancêtres ? Quels sont les paysages du fond de la parole ? Que voit-on qu'on ne voit pas tant qu'on est en train de parler ? Et d'où me vient cette impression, par l'écriture de ces lignes, que je poursuis ton propre silence, Pépé ?

La vie reposait sur un sol stable. Tout se tenait et nous nous tenions, proches, presque toujours dans le même espace. Avec les années, le granit s'est fissuré, et nous sommes là, disséminés, disjoints. C'est ainsi : le temps passe et il défait le corps. Le mien, ce grand lieu vide sans personne. Et celui que nous formions en tant que roche. Compacte. Granitique.

Mon passe-temps préféré, qui n'était d'ailleurs pas un passe-temps mais une lubie voire une folie, c'était de raconter des histoires. Ma poupée Mary posée sur les genoux, je lui parlais des paysages que je voyais mentalement, du pays d'où je croyais provenir, non seulement moi, mais elle aussi. Des Amériques, je lui disais, nous provenons des Amériques, Mary, un pays de tornades où nos mères ont des vitesses dans le corps et des joies jusque dans les yeux. Des mères vertigineuses, coureuses aux cheveux d'or. Un couteau entre les dents, Mary.

Mary avait un pénis. Mais cela, je ne l'ai découvert que lors de son premier bain. J'adorais la laver. Je lavais son pénis. Je le faisais mousser dans l'eau, écrasé comme une nouille ou un morceau d'anchois en haut de ses cuisses. Et Mary n'était plus une poupée, alors. Elle était une partie de moi. Ma peau n'était pas la fin de la sienne, mais le début d'un tout où je me dissolvais.

Puis Papa a recommencé à se raser, les graviers de la cour se sont remis à trembler et on l'a vu reprendre sa vie à la Caisse générale d'épargne et de retraite, continuant de jouer le jeu favori de la plupart des hommes : le jeu de qui gagne et se tient droit. A-t-il bien fait ? La question ne se pose pas. *Constitutionnellement,* c'était écrit.

L'heure présente, ces lignes que je trace sur le vide. Où est-elle, l'origine de tout ça ? Qu'est-ce qui explique que j'aie toujours eu besoin d'une distance entre les autres et moi ? Et cette nécessité de descendre, toujours plus bas, jusqu'à me perdre dans les mots, ça veut dire quoi ? Ce que je voudrais comprendre, c'est pourquoi je suis en train d'écrire ces lignes trente ans plus tard. Pourquoi je suis assis à ce bureau dans un village où tout le monde, à l'heure qu'il est, est parti travailler. Ne restent que les robots-tondeuses. Est-ce un caprice ? Un renoncement devant le principe de réalité ? Et pourquoi cette impression que mon corps, depuis que je suis en âge de comprendre que j'en ai un, me dicte ce que j'ai à faire par le biais des maladies qu'il m'envoie ? Y a-t-il eu un jour où tout a basculé ? Ou suis-je seulement en train de suivre une voie qui est là depuis le départ, à la croisée du ciel et de mes bronches asphyxiées ?

Je ne crois pas en la prédestination. L'idée ne me plaît pas. Mais j'ai tout de même parfois l'impression que certains d'entre nous ne peuvent pas faire autre chose que ce qu'ils font. Comme si c'était écrit. Bien que cela ne le soit pas.

Nos courses-poursuites dans les maïs. Le marché de Comblain-au-Pont (mais je n'arrivais pas à dire le « on » et ça sonnait « Caublain-au-Pau »). Papou jurant dans son patois flamand parce que sa satanée radio ne transmet plus. La pétanque dans le jardin de Pépé. Les cafés arrosés d'eau-de-vie du facteur attablé chez nous, son képi sur la table. Les bouteilles d'Orangina en forme de grenades dégoupillées. Mémé remplissant une grille de mots fléchés à la vitesse grand V. Oncle Tomasi, fou de joie, zigzaguant sur la route du monument aux morts en nous menant à la maternité, où Lorraine vient de naître. Le manque ne règle rien, mais il aide. Il rassemble ce qui a été désuni. Hier, on pouvait se toucher. À présent, on se manque.

Partout, il n'y avait que des champs où promener nos yeux. Pas de distractions. La porte du monde ? Verrouillée. La télé ? Une dame austère et fort parcimonieuse qu'on ne fréquentait pas plus de trente minutes par jour. De sorte que tout ce qu'on sait ou qu'on connaît alors vient des voix glanées ici et là, devant le journal sportif chez Pépé et Mémé, chez Parrain Jacques parlant des champignons des bois, à la ferme, au bord du terrain de foot et dans ces fêtes foraines où les gens crient comme des putois. Notre monde est créé par elles, par ces voix. Il est agrandi, rendu possible par elles. Plus nous en collectons, plus nous vivons.

En écrivant ces lignes, je ne fais que poursuivre cette création-là, comme un funambule sur le fil de ces voix emmêlées remontant du passé, à moitié effacées et pourtant toujours là. L'écriture est ce fil posé sur l'oubli. Et le risque, je crois, est peut-être moins de chuter dans l'oubli que dans la mémoire. De ne plus en revenir. Ce serait alors une autre forme d'oubli. Échouer dans le souvenir par refus d'oublier. Descendre dans l'écriture sans pouvoir en remonter. Être piégé.

Et plus tard, les livres, la ville, les films. Et ces centaines de voix nouvelles glanées au musée du Cinéma, chez *Tropismes,* à la bibliothèque de l'université, partout, comme un dingue. Je lis et regarde tout ce que l'enfance n'a pu me donner. À la bibliothèque, ce sentiment étrange : je me sens chez moi. Je me sens bien. L'odeur du papier me parle. C'est la voix du souvenir. J'ai conservé le carnet où je notais les films que je regardais compulsivement, tout et n'importe quoi vu que je n'y connaissais rien. Mais j'avais bien mes préférences : *À la verticale de l'été, L'Odeur de la papaye verte, Chungking Express, ¡Átame!*

Sale de la tête aux pieds, on bondissait dans les sous-bois, attachait nos ennemis à des troncs avec des lianes souples qu'on fumait par ailleurs, cent pour cent sains et cent pour cent malades, sauvages, intégraux, enfants et loups. Un espace de douceur et de cruauté. Le milieu des années quatre-vingt, avant les ordinateurs, avant le règne du porno et des jeux vidéo immersifs, avant que tout se mette à trembler et à aller très vite. Avant que les gens tombent amoureux d'eux-mêmes, abîmés dans leurs téléphones.

Aussi loin que je me souvienne, pourtant, mon enfance est un sprint heureux. Tout allait vite. Près de la fontaine Marron, je jouis, je me souviens, de me sentir courir près de mes amis crottés, près d'eux, quasi en eux. Époque bénie où je pouvais encore être consolé et touché dans ma chair.

Comme points de contact entre nous, il y avait l'air qu'on respirait, la vasque de la baignoire où on prenait nos bains, la soupe qui cuisait et partout répandait son fumet, les gants de toilette, hérités d'Andrée de Hannut, qu'on se partageait, les slips, chemises et tee-shirts qu'on se partageait aussi, le carrelage où sifflaient nos chaussettes, les pas japonais dans le jardin (y a-t-il jamais eu de pas japonais dans le jardin ?), les ballons de foot, les passements de jambes, la même fatigue, les soirs où les parents rentraient bitus de chez des amis, et que nous nous endormions (ou feignions de le faire) dans la voiture, les virus qui nous mordaient à tour de rôle, la fièvre et les aphtes, les rhumes, tout cela comme des passerelles magiques entre nous, liant nos corps. À présent, on se touche si peu.

Quand il n'y a pas école, j'embrasse prestement mes parents, j'enfile mes vieux habits et je vais jouer. C'est une phrase magique. Tu fais quoi aujourd'hui ? Je vais jouer. Et maintenant, quoi ? Je vais jouer. Et ce soir, si je pars avec Papa ? Rien, je jouerai. Je ne me remettrai jamais de ces jeux sérieux si typiques de l'enfance, dans lesquels on jetait nos forces et dont rien ne nous détournait. Des jeux qui ne nous divertissaient pas, pas plus qu'ils ne nous amusaient, mais qui nous confisquaient. Qui étaient tout.

J'étais là, vivant, mais j'aurais tout aussi bien pu ne pas y être, ou être mort, car je n'avais absolument aucune conscience d'exister. Toujours et constamment, je me débordais. Il n'y avait aucune coupure à cette époque.

Une vie placée sous le signe d'un Dieu représenté par des curés, omnipotents et profiteurs, qui mangeaient indifféremment sur le dos des morts, des jeunes mariés, des communiants, des baptisés. Et des morts et des morts encore. Une vie placée sous le signe d'une nature immense, de kermesses à répétition, d'alcool et de ce bienheureux ennui dont je me sens si souvent orphelin aujourd'hui. Tout vient de là. Du silence des plaines. De tout ce qui se tramait en nous pendant que, objectivement, il ne se passait rien.

Le village coiffait une crête balayée par les vents. L'hiver, ce n'était que congères et brouillard épais. Des épilobes, ainsi que des bruyères, dont la sonorité m'a toujours horrifié à cause de l'hôpital du même nom, où mon frère, lors d'une opération, faillit perdre la vie. Des marécages, des chemins tordus et biscornus, puis ces falaises rognées chaque jour par les carriers. Dès qu'on quittait la crête, on tombait sur de vieux lits à ressorts et de vieux lave-vaisselle qui pourrissaient dans les fossés, tandis que les sous-bois étaient infestés de fauteuils défoncés, de frigos hors d'usage et d'une armada de canettes que des types flanquaient là pour ne pas saloper leur voiture, qui était tout ce qui comptait pour eux. Lorsqu'on descendait encore, chênes et hêtres se refermaient sur nous. Et les haies vives. Et les taillis. Comme si la nature s'était passé le mot pour que nous y restions toujours, dans ce village.

Avant la naissance de Lorraine, on va à la messe chaque dimanche. Bien plus, Maman et Papa embrassent la cause de mouvements néo-charismatiques. Ils ont la foi, et certains de leurs amis parlent en langue. Chez les grands-parents, Dieu, travesti en chapelet, en cierge, en crucifix, Dieu est partout, dans chaque pièce. Il veille et surveille chacun de nous. À tel point que, lorsque dans le silence de ma pensée je m'entends insulter Maman, qui vient de m'enguirlander ou que sais-je encore, je sens le bon Dieu (je dis comme ça) me fusiller du regard. Et je cours alors auprès d'elle lui demander pardon. Elle ne comprenait jamais pourquoi je faisais ça, mais elle disait que c'était « mignon ».

J'ai toujours été pleutre. Pétrifié de la pire espèce. Je haïssais, par exemple, prendre ce bus qui nous amenait à la piscine quand on avait cinq ans, ce bus où, à l'approche du bassin, non loin du fort d'Embourg, les autres se levaient et hurlaient comme des possédés, incapables de réprimer la joie que l'idée de se flanquer à l'eau faisait naître en eux. Je me bouchais les oreilles et plongeais dans les bras de la maîtresse, madame Boline, aussi appelée madame Anne. Je ne supportais pas d'être touché par eux, dans les vestiaires. Leurs corps blancs d'asticots me faisaient frissonner. Partager la même eau me donnait des haut-le-cœur. J'ignore d'où me vient cette peur, mais je constate qu'elle ne m'a pas quitté. Chaque voyage, chaque déplacement pour un livre que j'écris, mais également pour des vacances, m'est de plus en plus pénible. Je crois que ma laisse, cette espèce de distance vitale au-delà de laquelle on se sent loin de chez soi et en danger, fait cent kilomètres tout au plus. Au-delà, je me liquéfie. Dans les grands magasins, encore maintenant, je reste figé dans les rayons. Trop d'étiquettes de prix, d'éclairages. Même sensation que dans le bus vers la piscine. Me suis-je mis à écrire pour me cacher du bruit ?

Madame Boline fumait beaucoup, donc bien évidemment aussi dans la classe, de sorte qu'on évoluait dans le halo de sa fumée et dans l'odeur de cendre de son haleine. Je suis resté une année de plus que les autres en maternelle. Et en dépit de mon asthme, j'y ai été heureux. Je me suis félicité de ne pas réussir les tests qui portaient sur mon niveau de maturité et sur mon positionnement dans l'espace, félicité d'avoir cette chance de pouvoir rester une année de plus dans le souffle froid de madame Boline. Au cours de cette année, j'appris par exemple à jongler avec des oranges.

Dès qu'il y avait des portes, on était ceux qui épiaient à travers les serrures, alors que quand il n'y en avait pas, on était ceux qui cherchaient à se cacher. Quand nos parents avaient de la visite, on se glissait sur la mezzanine et on rampait jusqu'au bord du gouffre, d'où on les épiait. Plaqués au sol, on ouvrait grand la bouche et on fumait les mêmes cigarettes qu'eux, celles qu'ils s'allumaient deux mètres au-dessous de nous en parlant de problèmes de couple, de voitures à passer au contrôle technique et de toutes ces choses dont l'enfance nous tenait éloignés. Partagés entre la frousse d'être pris et celle de pouffer de rire, on finissait par ramper en marche arrière jusqu'à nos lits, où le sommeil, doux, fondait sur nous.

Hormis les bandes dessinées, les livres ne nous intéressaient pas. À sept ans, si on m'avait dit que j'allais passer ma vie à faire ce que je suis en train de faire, je me serais insurgé. On courait, c'était mieux. On était la vitesse du vent. Pourtant, je me souviens des *Malheurs de Sophie,* que j'adorais. Je revois Maman, penchée sur nous, nous saupoudrer la tête de ces histoires qui nous emmenaient si loin de la maison – du village, de nous-mêmes – et je songe que je n'écris peut-être finalement que pour faire durer ces instants. Entendre sa voix.

Pas écrivain, donc, mais pas non plus pompier ni policier comme en rêvaient les autres. Je ne me projetais dans rien, n'ayant aucune envie de me donner une forme particulière. Notre énergie passait pour l'essentiel à apprendre de nos parents et à les imiter. Un jour que Charles essayait de « lire » un magazine à voix haute, je l'entends répondre à Papa : « A pas le temps d'écouter toi, travaille moi. » Et une autre fois, toujours à Charles : « Joue un peu cette chanson à la guitare. » Et lui : « Ah non hein ! Ma guitare ne sait pas chanter ça. » Un éternel présent. Voilà comme il passait, notre temps.

Ici est la rue où on prenait des cours de piano, Charles et moi. Charles passait toujours le premier. Notre professeur s'appelait Kalpana. Elle venait d'Inde, ses doigts étaient incroyablement longs et elle avait des ongles d'un rose parfait. Quand j'entends quelque part Couperin, Byrd, Bach ou Purcell, c'est lui, c'est le rose parfait terminant les longs doigts de Kalpana que je revois. Son frère s'appelait Pravin et portait des sandales y compris en hiver. Il dirigeait la chorale d'Aywaille. À la sortie de la messe, pendant que mes parents bavardaient avec lui et le curé Reginster, on courait sur le mur séparant l'église du jardin de monsieur Haufroid. Les pieds nus de Pravin nous obsédaient. « C'est dingue, tu crois qu'il sent que ça caille ? C'est un fakir, moi j'dis. » « Carrément, un Krishna ! » Quand venait mon tour de passer au piano, les yeux de Kalpana se voilaient. « Aïe aïe aïe, semblaient-ils dire, voilà l'autre ! » Ce qui n'était pas injuste. J'étais une catastrophe. À part regarder ses doigts et la façon qu'elle avait de tracer au crayon des rondes sur la portée, je n'étais bon à rien. Ce son me transportait. Là se trouvait la musique, selon moi, dans le contact amoureux du graphite sur une simple portée. Je me concentrais dessus au point d'oublier le reste. Comme à l'école. Plutôt que d'apprendre le nécessaire, je pensais aux vingt minutes de corde à sauter qui m'attendaient à mon retour, à mon envie de courir partout et à la tête du vieil Oscar quand il se soulageait d'une main dans la haie tout en nous saluant de l'autre, avant de s'en retourner bêcher le jardin de Désiré Magnée, pendant que Maman et moi éclations de rire. Au bout de la deuxième année, Kalpana fit venir ma mère. Je les entendais discuter depuis le hall d'entrée où j'avais l'habitude d'attendre la fin des leçons de Charles. Quand la porte s'est ouverte, tout s'est fait en silence. Je me suis avancé vers elle, lui ai tendu la main et, religieusement, une dernière fois, j'ai observé la lumière rose au bout de ses doigts.

Chez nous, les plats cuisinés étaient simples (côtelettes, pommes de terre, haricots du jardin) et manger, en particulier chez Pépé, signifiait ne plus avoir faim, comme chez saint Augustin, qui plaçait ce frein, sur le palais, pour séparer à chaque bouchée le besoin et le plaisir. Le besoin, il le gardait. Le plaisir, il l'éliminait. Nous, nous n'avons pas totalement éliminé le plaisir. Mais ce frein n'a jamais cessé de fonctionner en moi. Tout ce que je mange fait l'objet d'une forme de pesée préalable. En ai-je le droit ? En ai-je vraiment besoin ? Il n'y a que quand j'écris que je ne pèse rien.

Je me souviens du premier restaurant où nous sommes allés, à Liège, Lorraine venait de naître, et de la première fois où j'ai goûté de la nourriture asiatique, des années plus tard, à Liège encore. Ce sont mes premiers voyages. Les chips à la crevette, la multitude de plats colorés, les coupelles en jade, les bouteilles de sauce comme des statuettes protectrices, nos grands verres de Fanta, nous qui ne buvions jamais de Fanta, puis le riz blanc et les crêpes se refermant sur la chair tendre du canard, noyée dans cette sauce plus sucrée qu'un hectare de betteraves locales. Longtemps après ce soir-là, je n'ai plus supporté la vue des pommes de terre. Ni celle de la côtelette. La cuisine belge me semblait sinistre. L'est-elle restée ? Peut-être. Mais l'amour de la pomme de terre m'est revenu.

J'ai donné la main à ma mère jusqu'à l'âge de douze ans, sans aucun sentiment de honte, et mon plus grand plaisir était de sentir l'odeur des crêpes qu'elle préparait les mercredis midi. Rien ne me comptait autant que d'avoir la confirmation, par cette odeur qui venait à nous à hauteur de chez bonne-maman Flore (mais déjà dans le virage de chez Palmyre Duchâteau), que Maman n'était pas morte en notre absence, ce qui était ma crainte obsessionnelle. Je ne la trouvais pas dans la cuisine quand je rentrais ? Elle était morte. Elle sortait ? Morte. Elle montait peindre et travailler dans l'atelier aux fleurs ? Morte. Je ne me suis jamais défait de cette peur. Les week-ends, j'essayais de me lever le premier. Je voulais dresser la table et préparer le café pour qu'ils n'aient rien à faire quand ils se réveilleraient. Je voulais épargner mes parents.

Parce que la neige me dégoûtait, mes oncles m'avaient surnommé « le Coquet ». Je refusais de la toucher. Je la trouvais sale. Je haïssais la neige. Mais aussi m'allonger dans l'herbe, l'été venu, parce que ça me grattait, m'insupportait et que je craignais les satanées bestioles qui y vivaient. La nature m'apparaissait mauvaise. J'étais sûr qu'elle ne m'aimait pas. Et l'existence de ces insectes en était l'implacable preuve.

Au-delà de la maison, je ne connaissais rien. J'étais d'une crédulité folle. Je pouvais scander les pires insultes sans comprendre ni me rendre compte de ce que je faisais. Où étais-je ? À part les histoires que je destinais à Mary, le mouvement et la course, le monde n'existait pas. De sorte que Paris m'a toujours semblé être au-delà des collines de Sprimont. Et Rome, ces petites lumières qui illuminaient le ciel, les soirs d'été.

J'ai longtemps vécu, et vis encore, avec le sentiment que les mots sont la seule vraie présence en moi. Ce qu'il y a de plus tangible. Pas mon cœur ni mes mains. Leur incessant passage, leur calme violent, leur éclat. Je ressens comme une certitude que l'écriture n'est pas une activité. C'est un pays, un lieu qui me devance et vers lequel je tends. Le seul endroit où l'on peut me trouver – et le seul où je me trouve. Partout ailleurs, je n'y suis pas. Je n'ai lieu que là.

Le lieu de l'écriture est ce qui m'est le plus propre. Il abrite tout ce que je suis, c'est-à-dire aussi tout ce que je ne suis pas et tout ce que je voudrais être. C'est le musée du plus grand que soi. Les voix qui y résonnent n'appartiennent à personne. Le nom de toute chose y a été gommé, et sur ses murs mouvants se trouve ceci : « on a le droit d'être plusieurs. »

« Puis un matin, écrit Joan Didion, j'ouvrirai simplement mon carnet et tout sera là, compte épargne oublié avec les intérêts accumulés. Péage de retour vers le monde d'alors. Tout reviendra. » L'écriture comme un raccourci ? Oui. L'écriture comme le plus court chemin.

Depuis toujours, déjà dans les dictées, les mots liés à la technologie me font mal aux yeux. Le mot « technologie » lui-même me fait mal aux yeux. Les livres que j'aime lire sont ceux des écrivains des champs. Glanés dans le balbutiement de la parole des débuts, quand on parlait aux arbres avec, au-dessus de nous, un ciel dont le mystère restait entier.

Pendant des années, j'ai écrit pour fuir ce qui me donnait de l'asthme. Je n'aimais pas ce que le monde semblait attendre de moi et l'écriture était comme un refus. À présent, les mots m'ont réconcilié avec lui. Grâce à eux, je me penche sur ce qui m'entoure. Du bois chablis. Une ronce petit-mûrier. La vie et l'écriture n'ont jamais été aussi proches.

Plus le temps passe, plus m'appellent les livres courts. J'aspire au moins, au peu. Le chemin de la fiction ne m'attire plus comme avant ; c'est mon environnement direct qui m'appelle. Documenter les choses avant qu'elles ne s'effacent. M'enfoncer dans les bois, longer le Targnon, suivre le Wayai. Marcher est une autre façon d'écrire. Il y a des mondes passés sous chaque pas. Sédiments. Vestiges. Voix. On marche pour entendre ce qu'il y a avant soi.

Maman, qui a hérité de la manie de Mémé consistant à ne rien jeter, a conservé tous nos dessins. Depuis nos premiers bonhommes jusqu'à nos premiers vaisseaux spatiaux, tous sont là, triés et glissés dans des pochettes plastique que je n'arrête pas d'ouvrir et de fermer. Maman a toujours dessiné. Encore maintenant. Mais elle n'a jamais cru en elle, parce qu'on ne le lui a jamais appris. Elle, personne n'a conservé ses dessins. Aussi se contente-t-elle, pour tout support, de vulgaires serviettes en papier ou de bouts de journal. Comme si son art ne méritait pas mieux.

Parce qu'un franc était un franc et qu'une des expressions préférées des parents était « nous ne sommes pas Rothschild », on dessinait au verso des documents officiels que Papa ramenait de la banque, des bristols aux bords tranchants recyclés en feuilles de brouillon. Sur le verso, nos créations. De l'autre, « crédits court terme » et « points de vente actifs » dont s'occupait Papa dans sa vie diurne. De sorte que Maman, à la façon des mères, sans en parler et avec une infinie discrétion, nous a appris que l'art se pratique au dos du monde, toujours. Et que l'envers est l'endroit le plus précieux.

Aujourd'hui, deux enfants qui ne sont pas moi, mais qui me ressemblent, dessinent au dos du monde, mon monde, mes brouillons, plus les bristols de l'usine à chiffres de Papa. Ils dessinent au dos de mon travail, sur ma folie et mes excès. J'y vois de la beauté. Une façon de me dire qu'ils m'aiment et de ne pas trop me perdre dans l'écriture.

Maman a aussi conservé les petits mots que nous nous écrivions, car nous nous écrivions beaucoup, lors des fêtes de fin d'année et des anniversaires, mais aussi quand l'un de nous partait en voyage professionnel (Papa), à un stage sportif ou en voyage scolaire (Charles, moi). Maman ne bougeait pas. Elle était le point fixe : « Chère maman, je t'écris pour te souhaiter une bonne année 1990. J'espère que durant cette nouvelle année, tu seras en pleine forme et que tu seras très heureuse. Je souhaite que tu n'aies pas trop de travail et moi, je serai sage afin que tu n'aies pas trop de soucis. Ton petit garçon qui t'aime. »

« Merci Papa de nous conduire au cross et de si bien nous encourager. J'aime bien quand tu viens jouer au ping-pong avec moi. J'aime bien quand tu viens me dire au revoir dans mon lit. J'aime bien quand tu regardes Fort Boyard avec moi. Merci d'avoir construit un nouveau garage pour qu'on puisse y jouer au ping-pong. Merci d'avoir mis l'électricité dans le garage. »

« Fraiture, le 24.12.89. Mon Antoine, je suis très contente quand tu te sens heureux, bien dans ta peau, quand je vois que tu prends goût à la lecture, quand je vois que tu te débrouilles bien au ping-pong, aux billes et à l'athlétisme. Je suis très sensible à toutes tes petites attentions. Par exemple, tu me fais très plaisir quand tu me demandes si j'ai passé une bonne journée, quand tu viens toucher mon ventre pour faire "kilou" à ta petite sœur, quand tu me racontes tes journées à l'école, quand tu m'aides à fermer la porte du garage, quand tu m'embrasses si gentiment avant ou après l'école. Je crois que ce serait bien pour toi d'inviter des amis pendant les vacances. C'est bon pour toi de jouer avec d'autres enfants pour devenir de plus en plus sociable. Grosses bises, mon Toine. Joyeux Noël. Maman. »

Et dans une autre lettre, Papa : « Tu sais, tu peux nous parler s'il y a la moindre chose. Si tu as quelque chose à nous dire. » La lettre date de juillet 1988 et il est troublant de constater que tout, finalement, était déjà là à l'époque. La peur maladive d'aller vers les autres. Mon inconfort en leur présence. Ce besoin inouï de rêver en silence.

Cette crainte que je ne sois pas heureux a toujours habité Maman. À dix-huit ans, elle posa sur ma table ce mot que je relis souvent. « Toine, en parcourant ta lettre d'hier soir, j'ai été touchée par ta grande et belle sensibilité, par le raffinement de ton écriture, non… style, et aussi par la *confiance* que tu me faisais en me la donnant à lire. Sache que mon plus grand désir est ton *bonheur* ou, du moins, une approche du bonheur, son apprivoisement. "Nous ne sommes pas nés heureux, nous avons appris à l'être." Cette petite phrase, je te l'écris parce qu'elle m'aide. J'aurais voulu en profiter plus jeune, car plus on s'entraîne tôt à être heureux, plus, je crois, on expérimente des moments de bonheur, plus ça devient une façon de vivre. Je te souhaite le meilleur. Ceci n'est qu'une modeste piste. Tu en fais ce que tu veux. Fais confiance à la vie, à tes dix-huit ans, et à toi, *Antoine*. » Maman savait ce qu'elle disait, elle qui a toujours été une grande nostalgique, alors que Papa était plutôt une flèche tendue vers une succession de cibles, de buts. Quant à moi, je m'agite comme je peux entre les deux. Avec les armes et les blessures des deux.

Dans ce royaume des doux, le périmètre de la culture, c'était le dictionnaire Larousse, qui était le seul à répondre aux questions qu'on se posait. Pas d'ordinateurs. Pas de téléphones savants. On se débrouillait comme on pouvait. Les choses étaient rares. Il arrivait même de dire qu'elles manquaient. On usait nos habits jusqu'à la corde et, une fois anéantis, on les voyait se transformer en loques à poussière. En chiffons.

Papou a vu le jour de l'autre côté de la frontière linguistique, le fameux barbelé de la langue, là où elle se fend en trois coulées de lave : le français, le néerlandais et l'« ennemi », l'allemand. C'était la Flandre, mais quand le jeune Papou jetait une pierre ou une patate en l'air, elle avait autant de chances de retomber dans la principauté de Liège qu'aux Pays-Bas ou en Allemagne. Il souriait quand il racontait ça. Être né au carrefour des mondes le rendait fier. « Ma disposition pour les langues étrangères vient de là, disait-il. » Je les revois, lui et sa sœur Tante Fine, joliment nommée Adolphine, de part et d'autre de l'unique route asphaltée, chacun sur sa gentille terrasse, Tante Fine en contrebas et Papou en hauteur, chaque terrasse bardée de fleurs criardes et l'un et l'autre en train de causer dans ce patois surgi d'autrefois. Les mots fusaient, passaient et repassaient au-dessus de nous comme des poissons d'argent. On était sidérés. Les mots comme des poissons d'argent. Pas des phrases. Non. Des phares et des lumières. Des clartés.

Quand nos autres oncles flamands les rejoignaient, on se cachait sous le porche du hangar des poules pour les épier. C'était du cinéma à domicile. Tous se tenaient là, de part et d'autre de l'unique grand-route où tout se faisait silencieux, où même les voitures semblaient se taire pour ne rien rater du spectacle et écouter Oncle Tomasi, Oncle Priit et Tante Annaatje chanter en chœur avec Papou et Fine, les uns en contrebas, les autres sous les pétales de géranium du plateau de la terrasse, pile dans notre viseur. On aimait ce spectacle. Ce moment où la rue se mettait à gonfler comme un fleuve, où de leurs bouches sortaient tous ces poissons du temps jadis, en même temps que leurs voix se faisaient de plus en plus visibles, concrètes, comme des indications tracées dans l'air ou un pont entre les rives : le chemin simple du bonheur.

En vacances à la mer, Papou refusait de parler flamand. Inutile. Sa langue était un dialecte ; on ne l'aurait pas compris. Flamand, en somme, sans être flamand.

Au village, pour insulter quelqu'un, on le traitait de « Flamand ». Il n'y avait pas pire. Dans la bouche d'un Wallon, ça donnait « Flamin ». Ou « Flamoutche ».

On allait très rarement en ville. Parfois à Maastricht, aux Pays-Bas. Les villes flamandes étaient exceptionnelles. Gand, Bruges, c'était le bout du monde. Liège, on en revenait toujours avec des sacs bourrés d'habits, pour une année entière. Chaussettes, tee-shirts, gros pulls. On achetait ça à l'*Innovation,* place de la République-Française. Des tailles trop grandes, pour pouvoir les porter longtemps. De retour chez nous, on posait les paquets sur la table et, devant Papa, on lui prouvait en défilant à quel point on avait « bien » acheté, c'est-à-dire acheté utilement. Il s'agissait de ne pas faire d'erreurs, il était capital de ne pas jeter l'argent par les fenêtres. Tout ce qui avait un minuscule défaut était remballé sur-le-champ.

Il arrivait aussi qu'on accompagne Papou et Nénène à l'Intermarché de Sprimont, ou chez le coiffeur *Patrice,* que Papou appelait Patrick (tandis qu'il appelait Patrice notre cousin Fabrice). Avec son éternel chapeau sur la plage arrière, son parapluie toujours prêt dans le vide-poche, son coffre toujours impeccablement propre (protégé par un plaid écossais), Papou nous emmenait, à bord de sa Volvo d'un bleu céruléen, sur les routes de campagne. Impossible de dire combien de fois on a frôlé l'accident tellement Papou, qui ne décélérait plus dans les virages, rasait les murs. Nénène n'était que cris. « Ma tête tourne, Charles (il s'appelait Charles). Que dirais-tu de rouler un peu moins vite ? » À l'arrière avec l'autre Charles, on se bidonnait comme pas permis.

La seule évocation du monde qu'il y avait en dehors du nôtre, c'était Maman, quand elle disait qu'on devait terminer notre assiette parce que des enfants, à l'autre bout de la planète, n'avaient rien. « Pensez à eux, disait-elle, aux enfants du tiers-monde, et finissez votre soupe sans rouspéter, bon sang ! »

Globalement, les biens matériels ne nous écrasaient pas. Le jour des beignets aux pommes, Nénène disait qu'on pouvait les sucrer « à volonté ». J'adorais quand elle disait ça. Une expression qui disait le manque et la rareté, en même temps que le plein. Le malheur non plus ne nous écrasait pas. Mais quand il arrivait qu'il entre, car il arrivait bien sûr qu'il entrât, on le punissait en le convertissant en quelque chose d'autre. Immédiatement, on lui jouait dessus.

Les années quatre-vingt. Avant que la vie prenne la forme d'une farce. La farce d'être un père qui vit loin de ses enfants. La farce des familles soufflées par les vents de la discorde. La farce de gosses projetés dans de nouvelles maisons, territoires dont on ne sait rien, week-ends et semaines qui nous échappent et nous échapperont à jamais. Que font-ils quand on ne les voit pas ? Quand ils passent de l'autre côté ? Que devient leur vie quand on les parachute derrière la sinistre ligne de la discorde ? D'un côté, il y a ce que l'on connaît et ce que l'on sait d'eux. De l'autre, il n'y a rien. Visible et invisible ne communiquent plus. Notre vie est coupée en deux.

Fraiture : *fractura*. Friche. Fracture. Autrement dit, nous qui formions un tout vivons à présent dans des lieux séparés. Notre corps lui-même est un lieu séparé. Ce que nous avons formé avec les autres, ainsi qu'avec nous-mêmes, avec les arbres, tout s'est défait. Ne restent que des bribes. Nous flottons.

Notre sentiment d'impuissance, l'impression que la douceur est à jamais partie, la sensation de fracture, d'effroi, tout, j'ai le sentiment que tout s'est mis à tourner de travers à la mort de Papou, Pépé, puis Mémé et Nénène, dans cet ordre-là. Comme s'ils étaient le soubassement d'un temps où subsistait du calme, et qu'ils nous protégeaient avec ce peu qui était leur tout. Je parle de leurs cache-poussière, de leurs paletots, de leurs maudits bacs de géraniums, de leurs pantoufles fourrées et du fait qu'ils possédaient tellement peu de choses, qu'on ne pouvait penser à elles sans aussitôt penser à eux.

Ils ne disaient pas « faire les courses », mais « faire les commissions ». Maman a conservé cette liste de Mémé :

1 × Petit Beurre Lu
1 × lait
1 × spéculoos
1 × beurre
1 × sucre
1 × arrache-toux
1 × pain (chez Moray)

C'était ça, le peu qui était leur tout.

De Mémé, j'aurais aimé conserver la statuette de saint Antoine. Je la lui avais ramenée de mon Erasmus à Padoue. Saint Antoine était son saint préféré, au point que je la soupçonne d'avoir égaré des objets exprès, pour pouvoir le prier davantage. Quand il ne l'aidait pas, Mémé tournait la statuette, face au mur, de manière à n'en voir que le dos. Elle ne voulait plus en entendre parler. Jusqu'à ce qu'elle remette la main sur ce qu'elle cherchait. Je n'ai conservé d'elle qu'une salière en verre moulé, une boîte à médicaments en bois marquée du sceau de la Croix-Rouge, plus un vieil ouvre-bouteille dont je ne suis pas sûr de m'être déjà servi. Mais rehausser mes plats d'un trait de sel issu de sa céleste salière m'est précieux. Un trait d'union entre les mondes.

Dans l'entre-deux-guerres, le salon où elle punissait saint Antoine vit passer les moutons de la vieille tante Marie. Ensuite, il devint un magasin de chaussures. Puis il se transforma en cabinet de consultation pour le plus jeune frère de Maman, Pierre, devenu médecin de campagne. Moutons, chaussures, médicaments. Mémé finit sa vie au milieu de ces choses. Elle essayait de les toucher. Comme dans une mer, elle y était immergée. Nous, elle nous reconnaissait à peine. Égarée en sa propre maison.

À coté de la baignoire, chez Nénène, il y avait un pèse-personne, un w.-c. rehaussé de fourrure grège et une armoire laquée où elle planquait son précieux pot de crème Nivea. Le secret de la jeunesse, disait-elle. Je regardais sa peau, je la touchais. Jamais je n'avais senti quelque chose d'aussi doux. Un jeu qu'on aimait bien quand on quittait sa salle de bains : sortir les bobines de laine qu'elle cachait dans le fût de Dash, et tendre des fils partout. D'une clenche à une autre, du repose-pieds du fauteuil de Papou à la porte du frigo où se trouvait la limonade, d'une ampoule à une autre. La pièce était un vrai tohu-bohu, mais ces fils, c'étaient nos flèches, nos instruments de cavale. Avec eux, nous dédoublions le monde. Nous le reconfigurions. Minuscule et très vaste.

J'étais extraordinairement colérique, disait Maman, qui ne mesurait pas combien j'étais surtout extraordinairement inquiet. Aussi, quand elle ne les chassait pas par de la douceur, mes inquiétudes se transformaient en tornades, et je me cassais le poing au contact du plâtre, du bois et de la brique. Tout était bon. Taper pour dire combien je me sentais à l'étroit. Taper parce que je ne comprenais pas ce que j'étais censé faire au milieu des autres. Parce que je ne comprenais pas ce qu'on m'apprenait à l'école. Parce que je ne comprenais pas qu'on m'enferme quand je tapais dans les murs de la Petite puis de la Grande Maison. Taper parce que je ne supportais pas cette distance que je sentais grandir entre nous, Maman.

Maman ne supporte pas l'injustice, encore moins l'irrespect. De là vient que les gens se confient facilement à elle, y compris de parfaits inconnus, dans la file d'un supermarché, à la sortie de la messe, à la pompe à essence, au restaurant. Quand ils lui parlent, elle les écoute différemment. Elle les écoute avec les yeux, en les plissant pour acquiescer, mais en silence, sans jamais leur couper la parole ni trop se manifester. De cette hypersensibilité naissent aussi ses emportements, quand elle devient typhon, torrent. « Cette fois, tu as dépassé les bornes, m'écrit-elle au milieu de mon adolescence. La servante en a marre. Elle rend son tablier. J'exige que tout ce linge qui avait été lavé et repassé soit trié et rangé dans les armoires. Tout cet argent que représentent ces loques, tout cet argent mis dans une chambre pour qu'elle soit confortable, je le REGRETTE amèrement. Oui, je sais, c'est TA chambre mais c'est NOTRE argent qui a servi à faire TA chambre et ce sont TES ordures qui abîment ma vieille table et le plancher que NOUS avons payé. » Et de conclure : « MERDE. »

Je ne garde presque aucun souvenir de la Petite Maison, la première. Avant l'autre, celle du bois aux lianes et des roches à escalader. Je sais que j'y ai vécu jusqu'à mes trois ans et que j'étais alors énorme, bouffi, ne digérant pas le lait industriel mais en buvant pourtant des quantités astronomiques, tout le monde pensant que j'avais faim alors que j'étais simplement allergique. Où sont passés les souvenirs de la Petite Maison, l'enfant qui y jouait, le nez dans le souffle des voitures remontant la grand-route depuis Comblain-au-Pont ? Il m'arrive de penser qu'il n'y a pas de sens à vivre si tout s'oublie si vite.

Un jour, Pépé m'a surpris dans la salle de bains au linoléum vert, figé devant le miroir sous lequel se trouvait le gobelet à brosses à dents. Les brosses à dents de Pépé et Mémé ressemblaient à des épouvantails. « Tu ne devrais pas tant te regarder, c'est mauvais. » Mais je ne me regardais pas, Pépé, j'observais le visage d'un autre, un enfant inconnu en train de me dévisager. Ce visage me suit encore à présent, quel que soit le miroir devant lequel je me campe.

La vérité de ma tristesse se trouvait sous mon sternum, et dedans, il y avait une malle pleine de mystères souffrant de ne pouvoir être dits. Dans cette malle, il y avait du feu, je le sentais. Autant de feu, de glace et de force vitale que de capacité à me détruire. Aux gens comme nous, Maman disait que le monde ne convenait pas. Parce qu'il ne nous suffisait pas. Il nous fallait de la beauté, à nous. La beauté nous portait. Sans beauté, disait-elle, les gens de notre espèce s'auto-consument. C'est si vrai.

Quand des choses me faisaient trop mal, une de mes manières d'y répondre était de me faire encore plus mal. Moi non plus, je ne supportais pas l'injustice. Je cognais dans les murs, cassais des miroirs. Comme si m'infliger une douleur en un endroit précis du corps ramenait les autres, que je ne pouvais nommer, les invisibles, celles du dedans, à une dimension supportable. Les douleurs corporelles, je pouvais les « maîtriser », les circonscrire en les soignant. Y verser du Mercurochrome, par exemple.

Les jours où je n'écris pas, je ne fais rien. Je sors, mais seulement s'il fait beau. Je nourris les poules. J'arrache des liserons. Quand on « pétrit » la terre, on se relie à une des seules réalités au monde. On devrait toujours vivre les mains barbouillées de terre. Et les pieds nus. Le savoir par les pieds. Le gai savoir. Je la trouve là, ma paix relative, en renouant avec ces gestes qui étaient ceux de Pépé. Le soir, quand je rentre, mes chemises ont la même odeur que les siennes. Mes doigts aussi sentent comme les siens. Et alors, je ne me lave pas.

D'autres jours, je passe la journée au lit. Je regarde par la fenêtre en pensant que je voudrais remonter le temps jusqu'au jour où tout a bifurqué. Je vois des oies sauvages qui migrent vers le sud, j'entends leurs hurlements à travers le chambranle cassé. Je repense à avant, ma vie avant les mots. Ces heures ont existé et elles n'existent plus. Je me sers du déca soluble, en pot bleu, le même que buvait Mémé, et je me demande pourquoi je suis enfermé ici, dans cette vie et pas dans une autre, une vie entourée de gens joyeux, par exemple, une vie qui serait pleine de rencontres et de choses à faire, avec un travail fixe, des horaires fixes et une envie de passer du temps avec des amis. Moi, je ne sais plus quel visage me composer quand je rencontre quelqu'un. Les mêmes pensées reviennent, elles me hantent. Enfant déjà, je me forçais à faire comme les autres et à jouer comme eux, mais quelque chose m'empêchait d'aimer ce qu'ils aimaient. Leurs mots non plus ne me plaisaient pas tout à fait. Je les regardais s'élancer dans les prés derrière la ferme avec leurs motos et leurs BMX, et parfois, je restais là, pétrifié, n'ayant pas la force d'adhérer à leur joie. Ou alors, je sortais mon matériel de peinture, plaçais la toile cirée sur la table comme Maman me l'avait appris, mais au moment de m'y mettre, l'envie me passait soudain et je rangeais tout. Je regardais par la fenêtre Papa tondre la pelouse. C'était fini.

L'écriture m'a beaucoup donné et elle m'a beaucoup pris. Ce qu'elle m'a donné de meilleur ? Une voie parallèle. Ce qu'elle m'a pris de plus précieux ? La voie principale, celle qui menait aux autres.

J'ai passé tellement de temps dans le silence des mots, à chercher je ne sais pas très bien quoi mais à ne cesser d'entendre, d'apprendre, de lutter, en équilibre sur la corde raide de ma propre « vérité », que tout retour au réel partagé me coûte. Je me perds dans les dîners. Ce qui semble évident pour les autres est pénible pour moi. Quelqu'un qui écrit revient toujours de loin, c'est un revenant. Ses absences en sont-elles davantage pardonnables ?

Étrange de passer une vie à s'effacer, tout en traçant des signes. Étrange que les gens lisent ces signes comme des signes nous appartenant, alors qu'ils appartiennent à autre chose, à nous en tant qu'oiseaux, rapaces, silex, enfant. Une vie à écrire des mots qui ne disent finalement que ceci : au fond de la parole, il n'y a rien. Au fond de tout est le silence. Absurde, hein ? Pourtant je n'échangerais cette vie contre aucune autre.

« Je suis heureux de la tête aux pieds, dit Thomas Bernhard. De la main gauche à la main droite. Cela forme une croix. » Le bonheur de l'écriture aussi forme une croix. C'est un bonheur plein, indissociable d'une épreuve tout aussi pleine et absolue, que nul ne peut faire à votre place.

Avant, quand je n'écrivais pas, j'avais l'impression de mourir. Maintenant, c'est l'inverse. J'ai peur de ne pas vivre assez. Je ne dis pas que je n'écrirai plus, mais que je veux réduire la distance. Remonter plus souvent. M'aventurer de plus en plus dans ce qui n'est pas moi. Donner de plus en plus à ce qui n'est pas moi. Moins souffrir du présent.

Demain, j'irai chercher Sélim et Delia à Bruxelles, ils passeront le week-end avec nous, comme c'est le cas depuis six ans. En plus d'être un fantôme, je redeviendrai un père écoutant ses « petits » lui conter leur semaine tout au long des cent quarante kilomètres séparant le monde de leur maman du sien. Un père faisant le plein à mi-distance, à la pompe habituelle, pour la traditionnelle pause pipi. Un père qui, croisant son reflet dans le rétroviseur, se reconstituera un visage de vivant. Pour qu'ils continuent de l'aimer et sachent, malgré les blocs de joie qui parfois se détachent de lui, comme il les aime.

D'autres jours, quand me manque le courage de parler, je m'enfonce dans les bois et me déchausse. Les racines, la boue, le calcaire et la pluie, même les terribles épines du prunellier, j'aime leur contact. J'aime marcher pieds nus. Je m'enfonce sur des sentiers qui ne contiennent plus aucune écriture, aucune pensée, aucune angoisse. Je ramasse des noix, les casse à l'aide d'une pierre que je laisse toujours au même endroit. Marcher pieds nus me délivre, je peux le dire comme ça. Quand j'en termine, je suis épuisé, mes pieds sont en feu. Je prépare le repas, tombant de fatigue, mais je ne m'endors pas. Au contraire, je me colle à Hélène dans notre lit et je regarde le film jusqu'au bout. Hier par exemple, *Trois couleurs : bleu,* de Kieślowski.

Je ne vois que de la clarté quand je repense au passé, comme si la vie courait sous le jour d'une lumière vive, et que mes souvenirs n'avaient de racines que là. Dans le ruisseau aux libellules, nimbé de l'odeur du pain de chez Moray, à Ferrières. Dans la clarté. L'interminable embolie du temps que constitue l'année scolaire ? J'y pense un peu, mais ce n'est plus ce qui compte. Ne me reviennent que le bleu du ciel, les mûres et la chaleur que j'aimais tant, les derniers examens, juin qui nous autorisait à nous rendre à l'école à vélo, les batailles d'eau avec nos shorts en éponge décolorés, les talus à lianes, les revolvers en bois et les nuits à la belle étoile, avec la bande, sur les bâches puantes arrachées au silo de Jacques Martin. L'école n'existait plus. Le grand monde nous était rendu. C'était l'été.

On pouvait se catapulter où on voulait. Nos sensations étaient totales et nos corps, des toboggans pour la vitesse du monde. Mille insectes aux grands yeux à facettes, mille pattes de grenouille, mille muscles de toutes sortes vivaient en nous, s'activant quand on s'activait, hurlant quand on hurlait. Et ça, on le devait à notre isolement, à notre éloignement de tout et à l'absence d'offre « culturelle » d'un bled où les magasins avaient disparu, où il n'y avait pas de café et pas d'enseignes publicitaires, mais la lente rumination des vaches de la ferme et le *chiff-chaff* du pouillot véloce.

Les autres enfants du village, on les aimait. Mais c'étaient les enfants du bruit : ils jouaient avec des motos, des canifs, savaient depuis toujours ce qu'est un joint de culasse, conduisaient les tracteurs de leurs paternels, faisaient fumer leurs bolides et buvaient du River Cola à la récré. Nous, on n'a eu ni mobylette ni moto. Ça ne faisait pas partie de notre monde, qui était celui du non-bruit, de l'écoute absolue. Aucune huile ni aucune essence d'aucune mobylette n'y venait, chez nous, car ce qui importait était que règne la paix. Rien n'était plus important, sans oublier la voix de celui qui était en train de parler lorsqu'on était à table. Quiconque lui coupait la parole se voyait sanctionné. Maman était la gardienne de cette paix.

La bande que nous formions était la suivante. Il y avait Louise Marcelin, que j'aimais. Gilles Garsou, qu'on appelait Asticot à cause des oxyures dont il souffrait souvent. Ma-La-Patte, cadette de Gilles, qui ne parvenait pas à nous suivre et qui s'était fabriqué un pied bot de fortune pour tenter de nous émouvoir. Il y avait Sébastien Wilmotte, dit Pue-Nez, à qui on avait retrouvé les restes d'une cigarette putréfiée de son père dans le museau. Philippe Lambinon, dont l'implantation des cheveux se confondait avec la naissance de ses sourcils. Et enfin, Henry, Jean et Yohan, les frères Colbert, respectivement surnommés Houx, Gui et Buis, qui nous collaient pire encore que de la bardane. Une chose que j'aimais bien, c'était quand ils se réunissaient dans la cour de la ferme pour réparer leurs mobylettes, qu'ils en graissaient la chaîne et en ouvraient le moteur tout en parlant de « bougie », de « carter », de « cylindre » et de tant d'autres choses que je ne connaissais pas, mais qui, quand je les entendais, me semblaient plus réelles que nature, plus vraies que vraies. Même si je ne faisais rien, j'avais l'impression de participer un peu quand je m'emparais de ces mots.

C'est l'époque où la voiture de Papa était un sanctuaire pour Paolo Conte, Souchon, Voulzy et Véronique Sanson. Où Maman n'était pas contre un petit Chuck Berry ou un Little Richard improvisé, ni contre un rock and roll avec Papa, lors des fêtes au village. Elle et lui dansaient comme des dieux. Leur joie frappait les murs, ricochait du sol au plafond et on pouvait l'attraper à main nue, en dessous du stroboscope, avant qu'elle s'en aille valdinguer ailleurs et trancher le col de mousse de la bière qui n'en finissait pas de couler. L'époque de « La Lambada » et de La Compagnie créole. Mais je n'aimais que Daniel Balavoine, moi. Quand venait son tour, ma joie aussi ricochait partout. J'avais l'impression d'être lui.

Comme on ne supportait pas de parler en public, on dut suivre des cours de diction, où l'on apprit à mieux prononcer. *Frigo*, par exemple. On le disait mal. Mieux valait dire *frigau*, bien fermer le « o ». Un autre problème était notre débit, trop lent, mais comme tout le monde parlait comme ça autour de nous, on ne voyait pas le sens qu'il y avait à en changer. Madame Chantale nous avait donné une liste en début d'année, où se trouvaient les mots à proscrire : boulet, miche, trémie, chicklet, charlatan. C'étaient des mots locaux, trop étroits. On devait en utiliser d'autres. On s'ennuyait beaucoup à la diction. Ça nous filait des crampes. Notre impression, c'était qu'on les avait, les mots. Mais le problème, pour nous enfants, c'était que tout changeait constamment, que tout allait très vite et que nos mots aussi changeaient tout le temps, très vite. Ils rythmaient nos jeux, portaient le monde, et autant de couleurs et de musiques que d'images et de sensations. La boue qui explosait sur les tuiles du chalet Laport, où vivaient les plus riches du village ? Même pour ça, on avait des mots. Notre langue n'était qu'à nous.

Les seuls moments où « notre langue » sortait de moi et où je sortais d'elle, c'étaient les crises d'asthme, qui me prenaient au dépourvu pour peu qu'un brin de poussière croise mon chemin. Alors, je n'avais plus du tout de pensées. Je n'avais plus aucune existence. J'étais tout entier rétracté dans un air qui ne voulait plus s'offrir. Je me raréfiais. Et toujours, au sortir de ces crises, j'avais ce double sentiment : d'un côté, j'étais content d'être en vie, de manger, de courir, mais de l'autre, j'éprouvais comme un regret, total, à l'idée de me retrouver.

Pour les objets, c'était comme avec le *frigau* de la diction. Ils nous tombaient des mains quand on devait s'en servir normalement, pour ce qu'ils étaient. Quel intérêt ? On était inventeurs, nous. Des bouts de bois, des pierres qu'on jetait au fond d'un lac Baïkal tout à la fois réel et imaginaire, des herbes prises dans le papier à cigarettes Rizla bleu de parrain Jacques, pour les fumer, le tube-massue de l'aspirateur de Nénène, des débris, des ballons, le goal improvisé dans la cassette du poêle à bois. Tout était bon. L'antenne de la radio portative de Pépé ? C'était pour présenter la météo. Charles d'abord, moi ensuite, on détaillait les cartes en dessinant dans la buée de la cuisson des patates de Mémé, qui se déposait sur les carreaux donnant sur la vigne vierge. « Encore, Mémé ! Fais chauffer les patates ! » On faisait jouer la baguette sur la vitre, appelant qui le soleil, qui la grêle, qui quarante jours de nuit. Mémé riait. Et nous passions à table.

Contrairement à Charles, il me fallait un temps fou pour m'adapter aux lieux nouveaux. Même nos vacances en camping-car, en Ardèche, chez monsieur Désiré Froment, étaient un supplice, du moins les premiers jours, où tout n'était que brûlure, guêpes assassines et herbes rêches. Je détestais partir. Partir tuait mon monde. Si bien que, au moment où on levait le camp et quittait le Chassezac, après quinze jours de feux de camp, de vie sauvage et de cassoulet William Saurin, je ne voulais plus repartir. Et il fallait un treuil pour m'en extraire.

J'avais des crises d'asthme chaque fois que je délogeais. Comme si mon corps me mettait en garde de ne pas m'aventurer trop loin. De ne pas trop me perdre. Aujourd'hui, ça va. Mais m'en aller prendre un train, quitter la grange, la campagne, mes pensées, reste une épreuve. Dès que je voyage, je perds systématiquement mes objets. Mes écharpes, dans les taxis. Mes brosses à dents, dans les hôtels. Moi-même, je deviens une sorte d'objet perdu.

C'est parce que mon corps n'a pas voulu du reste que je suis devenu ce que je suis, un type qui écrit. Pas parce que je l'ai voulu ou parce que je l'ai choisi. Je n'ai rien choisi. C'est à cause d'un dégoût.

Parfois, j'en veux aussi à mes livres, au fait que, une fois imprimés, je deviens otage de ce qui devait me rendre si libre, otage de la parole, alors que je tente seulement de cultiver un peu de silence.

L'idée folle de tout type qui écrit ? Être heureux sans le secours des mots.

« Tu vas là contre ta pente naturelle », dit ma mère à chaque fois que j'entame une période de promo. C'est partiellement vrai. J'ai beau faire de mon mieux pour tenter de rester sincère, la répétition de l'exercice finit par me donner l'impression de mentir. Pire, de mentir avec sincérité. Comme à l'école et puis à l'université, quand répéter des choses par cœur finissait par m'en dégoûter. Mes livres s'éloignent quand j'en parle trop, je n'en sens plus le point d'origine ni la nécessité, ils deviennent des entités vides, abstraites. C'est pourquoi je préfère en lire des extraits. Offrir au public un peu du souffle qui m'a traversé. Offrir mon souffle. Ce sont les seuls moments où je retrouve ma pente naturelle.

Voyager pour mes livres, c'est voyager avec la joie que mon imaginaire ait pu me conduire dans des lieux bien réels. Mais je voyage avec un complexe de campagnard. Où que j'aille, même quand il s'agit de recevoir un prix, j'ai l'impression que des mottes de terre me sortent des gencives et des carottes d'entre les dents. Je me sens pauvre, trop pauvre pour être là. Mes habits, que je trouvais parfaits au moment de partir, me semblent ridicules quand j'arrive. Je suis convaincu que les gens voient à travers et qu'ils n'aiment pas ce qu'ils découvrent. J'ai peur d'être démasqué. Au restaurant, les éditeurs ont beau régler la note, je fume toujours une cigarette à l'entrée pour jeter un œil sur les prix. Je suis de ceux qui convertissent tout ce qu'ils achètent en heures de travail. Sauf qu'en ce qui me concerne, je convertis en nombre d'exemplaires vendus. Pour cette bouteille de vin, trente exemplaires. Pour ce filet de sole, trente de plus. Et je repense à Papou et à sa peur d'empuantir l'isoloir les jours où il votait. Ses chaussures impeccablement cirées mais l'impression que du chewing-gum verdâtre y restait collé – la fiente de ses poules. Sa façon discrète de s'essuyer les pieds à l'entrée de l'Intermarché. La trouille que se déversent à tout instant des torrents de boue s'il marchait sans faire attention.

Ce jour-là, je venais d'obtenir mon permis de conduire et j'étais tout content de rouler un peu. J'avais décidé de franchir la fameuse frontière linguiste pour voir si quelque chose se produirait. Peut-être mes pneus allaient-ils éclater ? Allait-on me lancer des tomates en découvrant que je ne parlais pas un mot de flamand ? Je me suis garé devant la ferme de mes oncles Aarich et Eckbert. J'ai frappé quelques coups au carreau. À cette heure, Eckbert crapahutait sans doute sur son tracteur ou dans les bois, mais Aarich devait être chez lui. J'ai fait le tour du bâtiment et me suis hasardé dans son hangar, un bric-à-brac d'outils rouillés et de sacs en plastique contenant ce qu'il n'avait pas eu la force de mettre aux poubelles. De là, je me suis frayé un chemin jusqu'à la buanderie, j'ai appelé plusieurs fois, passé la tête dans la cuisine, et soudain, je l'ai vu. Allongé sur le sol, Aarich dormait sur le carrelage glacé. Il devait faire dix degrés, pas plus. Il a ouvert les yeux et m'a demandé, en français, malgré sa détestation du français, ce que je fichais là. Mais s'avisant qu'il posait la question depuis le sol sale et glacé de sa cuisine, il a chassé la sciure collée à son chandail et m'a proposé un café. Tout le temps où je suis resté chez lui, j'ai regardé sa tasse. Des ancrages bruns la constellaient, comme des rides et des perturbations remontant de très loin. Je n'avais jamais rien vu d'aussi sale. Quand je levais la tête, les mêmes rides m'observaient depuis son visage, et je pensais que suivre sa pente naturelle est quelquefois le pire du pire. En repassant la frontière plus tard dans la soirée, j'ai revu l'image de mon oncle allongé par terre, humilié en ses propres murs, puis penché par-dessus ma portière, les yeux brillants de me voir démarrer le moteur, en train de murmurer : « Tu reviens me voir, promis n'est-ce pas ? »

Quand je suis à Paris pour la promo d'un livre, je pense à lui. Aarich aurait détesté se retrouver là. Pépé aussi, comme bien d'autres oncles wallons et flamands, rivés et recroquevillés sur leurs navets par peur de se frotter au monde. Que mes livres me mènent loin de ma grange reste incompréhensible, bizarre. Mais c'est ce qui me sauve de mes ruminations, de mes démons et de la lente léthargie des jours ordinaires. Il y a un plaisir fou à sortir de soi.

Avant d'écrire, je lis, une heure au moins, tous les matins. Je prépare mon cerveau. Non dans l'idée de mieux écrire, mais pour me donner la force que je n'ai pas autrement, quand on viendra me solliciter pour aller parler de mon travail. Lire prépare à faire face au bruit général. C'est une armure de sens. Je ne vais nulle part sans avoir lu.

« Un pêcheur brésilien survit onze jours en mer dans un congélateur. » « Sylvester Stallone remplace le tatouage du visage de sa femme, dont il divorce, par un portrait de son chien. » « Ivre et porté disparu, un homme participe aux recherches pour se retrouver. » Le matin, je ne lis pas que des choses sérieuses.

J'écris ce livre sans réfléchir, comme quelqu'un qui ferait un puzzle sans savoir combien de pièces il compte, ni ce qu'il doit former. Je n'ai pas de modèle. Pas d'image pré-imprimée où poser mes pièces. Je me promène dans le passé comme un marcheur solitaire. Je note ce qui revient, et que ce qui revient, c'est un mélange de mémoire et d'oubli, de sorte que s'il finit un jour par former quelque chose, mon puzzle ne représentera peut-être presque rien, ou seulement la figure de l'absence. Mémé, venant m'embrasser la nuit. Papou, en haut de l'arbre où nous avons cueilli des cerises ensemble pour la toute dernière fois.

Avant, une belle journée était l'une de celles où je pouvais passer des heures à coincer le pied de mes Playmobil dans la gâche de la serrure, avant de refermer la porte dessus. Aujourd'hui, c'est une journée où des sensations disparues me reviennent.

Dans la mémoire-oubli de l'écriture j'ouvre les yeux. Je me laisse dériver, jusqu'à me revoir sous les formes perdues. Un garçon, une jeune fille, un buisson. Et un poisson muet, non dans la mer mais dans le lit de l'Ourthe et de l'Amblève.

Partout où on passait, je voyais siffler dans l'air les mots Petite Hoursine, Lignely et Deux-Ry. Les mots My, Ny, Sy et Soy, Lai Oiseau et Xhoute-si-Plout (littéralement : « écoute s'il pleut »). Tous ces mots me tapaient dans l'oreille. Puis de l'oreille au cœur. Quand on passait par là, je n'entendais rien d'autre. Des sons, du vent, une lumière capable de parler. Dans ma tête, j'en avais fait une carte que j'avais baptisée « l'Ardenne exotique ». Elle est là, punaisée au mur du souvenir. Au centre, le Ménobu, qui me faisait penser au Zaïre de Mobutu, lequel me terrorisait depuis toujours, comme me terrorisaient Yasser Arafat et l'expression « conflit israélo-palestinien », qui a plané sur tout le ciel de notre enfance. Tout n'était que conflit israélo-palestinien, ces années-là. Quoi qu'il en soit, je ne supportais pas de passer au Ménobu. Dans le même coin, la joliment nommée Hé Zabia faisait naître en moi des paysages arides, sortes d'oueds marocains truffés d'arbustes ras, eux-mêmes truffés d'aspics et de vipères, avec des chèvres flanquées dans le creux des troncs. Quant aux villages de

My, Sy, Ny et Soy, je me les représentais comme des cités chinoises ou taïwanaises, et je jalousais les gens qui avaient la chance de vivre là. Où habitez-vous, cher monsieur ? Mais à My, chère madame ! My était le nom le plus incroyable qui se puisse porter, et vivre dans des villages à deux ou trois lettres maximum me semblait être un comble de raffinement. Du reste, j'aimais beaucoup les noms de villages sonnant comme des insultes. Trou-du-Chien. Gros Thier. Chincul. Chafour, ou Cul-du-Four. J'aimais vivre là, au milieu de ces noms étrangers et si proches à la fois.

Mes yeux étaient des caisses enregistreuses, des lentilles de contact, des ventouses attirant à moi ces noms que j'arrachais au gris des plaques marquant l'entrée dans les villages. Je mâchais ces noms comme du chewing-gum, en rythme avec le bourdonnement des pneus sur les petites routes, et tout devenait réel, plein. Je n'avais jamais entendu parler de poésie, pourtant je vivais là, dans une joie toponymique, au milieu d'un poème toujours le même et toujours différent.

My,
Ny,
Sy,
Soy,
Ozo,
Izier,
Adzeux,
Oneux,
Hoyemont (prononcer *Oimon*),
Chicheux,
Rahier,
Ferrières,
Ferot,
Filot,
Paradis,
Bru,
Grand Bru,
Harre,
Kin,
Werbomont,
Barvaux,
Becco, où nous vivons.

Je faisais aussi des listes avec le nom des plantes mortelles que Parrain Jacques m'apprenait à distinguer quand on se promenait en forêt. Stramoine, if, troène, bourdaine, gouet tacheté, euphorbe, houx, cytise, belladone, marronnier… Encore maintenant, Jacques n'est jamais loin quand je marche en forêt.

De ces villages, j'aimais aussi la voix des habitants. Leurs yeux clairs comme la lame du couteau de monsieur Coulée, le boucher. J'aimais leur bonté âpre, leur lenteur. J'aimais monsieur Counasse, l'épicier de Ferrières, où vivaient Pépé et Mémé. Et madame Counasse, qui sentait (mais le mot est trop faible) le cumin et la transpiration, ce qui revient au même. J'aimais l'odeur d'alcool qu'il y avait partout et qui se logeait au fond des yeux, pour y former, parfois, le grand lac du regret. J'aimais que monsieur Marcelin boive des quantités astronomiques de bière dans le dos de sa femme, qu'il en enfouisse les cadavres le long de sa haie de troènes et rentre peler ses patates comme si de rien n'était. J'aimais que monsieur Rançonnet ait fumé toute sa vie sans jamais oser le dire à Jeanne, qui ne l'aurait pas supporté. Ou que Jean Lawarrée, interdit de casino, ait continué à jouer aux cartes en misant des sommes qu'il ne possédait plus depuis longtemps. « Sans le jeu, je me sens comme un oiseau en cage, disait-il. Alors quoi ? » J'aimais les insultes qui fusaient au bord des terrains de foot.

J'aimais les bagarres qui éclataient sans raison, la haine éternelle entre banals patelins, le fait que Fraiture déteste Oneux pour la seule et stupide raison qu'Oneux n'était pas Fraiture. Encore maintenant, au moindre coup de vent, des bagarres éclatent. Tout le monde se tape dessus. Et ce qu'il y a, c'est que les types les plus violents sont souvent ceux qui ont été les moins gâtés durant l'enfance. Dans leur violence, on voit le manque.

Le revers de tout ça, c'était le côté mesquin, étriqué. Un mot le dit très bien : « aplovou », qui signifie « venu après la pluie ». Un aplovou, c'est quelqu'un qui s'installe quelque part sans y être né. Maman était une aplovou. En quoi elle ne ferait jamais vraiment partie des meubles.

Chez nous, les gens se mariaient entre eux, vivaient entre eux et, il n'y a pas longtemps, dormaient les uns sur les autres, bouffés par les punaises de lit, tourmentés par les rats. Les Italiens recevaient le nom de « macaronis », les Portugais passaient pour des « voleurs de poules », et lorsque des Africains venaient vendre leurs livrets de contes traditionnels, les portes et les volets se refermaient avec un bruit de guillotine. *Schlaaak!*

Quand il tonnait, on brûlait des fleurs de camomille. On attirait le tonnerre en coupant des fleurs de coquelicot. Pour retrouver un noyé, on faisait flotter du pain bénit sur l'eau parce que, quand celui-ci passait au-dessus du cadavre, le cadavre le stoppait net, avec son bras. On disait « avoir bon » quand on passait un moment agréable. On disait même parfois qu'on avait « bon de vivre ».

Mais je n'ai pas toujours aimé ces lieux. À dix-huit ans, je ne jurais que par les Flamands et par leurs villes, que j'apprenais à découvrir. Leurs villes et leurs groupes de rock. La mode. Les pistes cyclables flamandes. L'enthousiasme et l'esprit pratique flamands. Nous, je nous trouvais ballots. Partout régnaient la loi du moindre effort, des politiques doués pour défaire ce qu'il y avait jamais eu de sensé et un art consommé du statu quo, qui vous noyait dans l'œuf le plus petit début d'action. Tout prenait un temps fou en Wallonie, et pour une large part, le travail consistait à faire semblant de travailler ou, ce qui revient au même, à le faire traîner le plus longtemps possible. Ça, plus l'esprit buté, j'en ai eu marre. Je suis parti. Jusqu'au jour où, plongé dans l'écriture d'un premier texte, je me suis aperçu que les voix lentes et spongieuses des gens du coin ne m'avaient pas quitté. Au milieu des fêtes bruxelloises où mon accent continuait d'être moqué, c'est à elles que je pensais. Et maintenant, enfoncé jusqu'au cou dans l'écriture, je continue de me les passer en boucle. Je les écris. Tout vient de là.

Comme beaucoup de mes oncles, Parrain Jacques n'aime que la nature, promener son chien, faire du feu, boire du café soluble, dormir, cueillir des champignons et coexister, comme il peut, avec de vieux démons. Il connaît comme nul autre les arbres et ce que nos sous-sols recèlent de secrets. Son jardin était paradisiaque. Il y avait fait germer le silence et les couleurs de milliers d'espèces de plantes et de fleurs venues de partout. Mais souffrant de la proximité de l'autoroute, il finit par déménager. Immédiatement, deux couples s'étaient montrés intéressés par sa maison. Le premier avait fait une offre élevée, mais Jacques, sorte de druide désintéressé, l'avait cédée à l'autre. Du moment qu'il laissait son jardin entre de bonnes mains, des mains prêtes à reprendre le flambeau, l'argent ne comptait plus. La dernière fois que je l'ai vu, je lui ai demandé ce qu'il devenait, même si je trouve atroce cette formule, et sa réponse ne s'est pas fait attendre : « Fou. » Voilà ce qu'il m'a dit. Il m'a toujours écrit des lettres pour mes anniversaires. « Plein de bonnes choses pour cette année, continue à grandir dans tous les domaines et si, un jour, je peux t'être utile, n'hésite pas à me faire signe. » Quand j'ai commencé la philosophie, il m'a écrit ceci sur une carte de vœux : « Quand on cherche quelque chose, c'est que, quelque part, on en a le souvenir, c'est que ce quelque chose a existé et peut encore exister. » Ça aussi, c'est si vrai.

Oncle Priit était le plus superstitieux de nos oncles flamands. Quand on avait le hoquet, il plaçait un couteau au-dessus d'un verre, le verre à hauteur de notre visage, la lame dirigée vers notre bouche. Il disait que celui qui naissait le poing serré serait avare. Qu'on ne pouvait pas remuer la terre les 18 janvier. Et que les fleurs de tanaisie chassaient les mouches. Pour le reste : ne renverse pas la salière, n'égare pas ton alliance, ne passe pas sous l'échelle et ne montre jamais un bossu du doigt, surtout si les cloches de Saint-Pierre sont en train de sonner. Oncle Priit aimait beaucoup les Diables rouges. Les jours de match, interdiction formelle de lui parler. La veille, il fallait réciter le chapelet et faire brûler un cierge. Pas plus de trois devant la télé. Jamais. Papou à droite, Oncle Tomasi au centre et Priit sur son propre fauteuil, à deux mètres de l'écran, ses Belga sur une cuisse et sa chope sur l'autre. Obligation de fermer les yeux pendant les penaltys. À la mi-temps, se laver le visage à l'évier pour chasser la poisse. Mais si c'était cet empoté de journaliste aux commentaires, inutile d'insister.

On perdait à chaque fois que c'était lui. Et on voyait alors Oncle Priit se lever pour observer, discrètement, la télé des voisins par la fenêtre.

Quand nos oncles flamands se sont installés ici, ils ont laissé chez eux Eckbert et Aarich, qui ne voulaient pas être du voyage et préféraient rester à la ferme, chacun dans une sombre cuisine séparée de l'autre par une cloison, mais chaque objet posé à la même place, de part et d'autre de cette ligne de partage, qui semblait être un axe de symétrie parfait. Table, télé, cendrier, bottes maculées de boue et de crottin, tout avait la même place des deux côtés de la cloison, sans qu'ils se soient jamais concertés, naturellement, puisque les deux frères ne se parlaient pas. Quand Aarich avait besoin de ses médicaments, il mettait trois coups de canne au centre du mur, et Eckbert, silencieux, se levait et trottinait jusqu'à Visé, en quête de ces pilules magiques sans lesquelles Aarich sombrait. Le jour où ils ont dit au revoir à leur ferme et leur pays natal, mes oncles Priit, Tomasi, ma tante Annaatje, ainsi que Papou et Fine, ont salué Eckbert, mais pas Aarich, qui s'était planqué dans la paille parce qu'il ne supportait pas les embrassades, ni sous forme de bonjours, ni sous forme d'adieux. Souvent, ils disaient que le plus dur, ce jour-là, n'avait pas été de voir les paysages changer, mais de ne pas avoir pu embrasser leur plus petit frère.

D'après Oncle Joseph, le mari de Tante Nelly, natif de Fraiture, fort comme un bœuf mais que je n'ai jamais vu qu'alangui dans son fauteuil de coin, à lire distraitement un journal qu'il tenait du reste à l'envers, nos oncles flamands n'avaient rien à faire ici. Il les traitait de colons. Il détestait nos oncles, qui n'en avaient que pour notre argent, disait-il, le fric de l'industrie wallonne, et de nos carrières wallonnes, et de nos bonnes fermes et de nos bonnes mines wallonnes, qui avaient commis l'erreur de continuer à leur tendre la main après la Seconde Guerre. Mais la Wallonie d'après-guerre, c'était une forêt criblée de balles et d'arbres fusillés, de restes d'obus plantés dans les pâtures, de cadavres les quatre fers en l'air et de milliers d'orphelins. Il y avait tellement de bouts de ferraille dans les prés et les champs, que les fermiers plaçaient des aimants dans l'estomac de leurs vaches afin de séparer l'herbe et le plomb. Des mines infestaient le sol. On avait faim. Il fallait relancer les trains sur des lignes de chemin de fer dignes de ce nom, réparer les clochers, refondre les balles d'artillerie pour en faire des cuillères à compote pour nos soldats sans dents. Ce qu'Oncle Joseph ne comprenait pas, c'est que s'il pouvait passer sa vie dans son fauteuil, à lire tranquillement le journal à l'envers, c'était parce que des types comme nos oncles flamands s'étaient retroussés les manches. Et avaient tout remis en ordre.

Quand ils se sont dégottés de petites maisons, Joseph est devenu fou. « Propriétaires, bon Dieu ! » Je l'imagine inspecter leurs maisons de vieux, même s'ils étaient encore jeunes à l'époque, des maisons où planait cette drôle d'odeur de religion chrétienne et de temps coagulé, et se pincer pour ne pas étouffer de jalousie à la vue de leurs jardins. Quant à nos oncles, tout ce qui comptait pour eux, c'était se faire discrets, ne pas être traités de Flamands. Et voilà pourquoi Priit, Oncle Priit, décida de se faire appeler Pierre, malgré un accent à couper au couteau. Quant à Annaatje, elle décréta s'appeler Annette. Tomasi, lui, dont le vrai nom était Tomas, sauta sur l'occasion pour prendre un accent italien bizarre et se faire passer pour Calabrais. Et tout ça, disaient-ils, moins par souci de s'intégrer que parce qu'ils détestaient leurs noms dans la bouche d'un Wallon. Ils détestaient l'accent de pâte à bois des Wallons, même s'ils cherchaient dans le même temps à l'imiter.

Tous travaillaient à la carrière ou dans des fermes. Puis Tomasi a pris sa retraite et, le lendemain, il est mort. On ne sait pas comment. On l'a retrouvé dans son jardin, la main sur une bouteille de genièvre qu'il s'apprêtait à planquer dans la haie. Après l'enterrement, Tante Odile s'est approchée de Maman et, mâchant sans pouvoir l'avaler le même bout de cramique, elle lui a dit qu'il pleurait tous les soirs parce qu'il ne s'était pas fait à la vie de ce côté du monde, jamais. « Ses terres lui tiraient dans le corps. L'odeur des plaines, la brique rouge et la hauteur du ciel de son Limbourg natal. Tout une vie passée dans le manque. » Tels furent ses mots.

Les jours de vote, ils enfilaient leur plus beau veston ou une robe de circonstance, puis ils partaient, en fredonnant, cocher une petite case sur une petite liste dans le minuscule isoloir de l'école de Sprimont, avant de s'en retourner vaquer à leurs occupations, comme si de rien n'était. Nénène se coiffait toujours spécialement pour l'occasion, et je la revois se rouler dans des flaques d'eau de Cologne et des vaguelettes de bigoudis. Quant à Papou, il ne nourrissait ses poules qu'une fois le devoir accompli, craignant dans le cas contraire de passer pour un paysan qui souillait tout sur son passage. Tous votaient de la même façon qu'ils croyaient en Dieu. Et ainsi, en fin de compte, aimaient-ils leur bourgmestre du même amour que leur curé. Un mélange de devoir et d'habitude. La frousse bleue du qu'en-dira-t-on.

Pendant ce temps, j'attendais dans la cour avec les autres, et je rêvais de crêpes à profusion, du bannissement et de la fermeture totale et définitive des écoles, et surtout, d'un congé éternel pour Papa, que j'aurais voulu avoir près de moi. Encore maintenant, quand j'entends le bruit de pneus de voiture sur du gravier, ce bruit caractéristique (comme de petits poissons jetés dans de l'huile de friture bouillante), je pense à mon père quand il partait travailler à la CGER. J'entends le moteur qui démarre dans la nuit, je sens l'odeur de l'essence par la fenêtre, puis la voiture qui s'éloigne, qui part, qui s'en va. Toute ma relation avec lui tient dans ce bruit, qui est distance : amour et manque.

Papa aurait pu devenir joueur de foot professionnel s'il l'avait voulu. Il reste ces coupures de presse qui le présentent comme l'étoile montante du foot wallon (il jouait au Standard). Mais Papa était un être pragmatique, et l'être pragmatique qu'il était jugea plus sûr d'aller au bout de ses études en sciences économiques. Par conséquent, il apprit à faire des nœuds de cravate et trouva, peu après son service militaire à Vielsalm, un poste dans cette banque à laquelle il resta fidèle toute sa vie, même quand celle-ci changerait de nom.

Fixée sur le mur à droite des toilettes, dans la plus grande chambre, se trouvait chez Nénène une photo de lui, en short blanc très court, au coude-à-coude avec un défenseur de l'équipe adverse. Je retardais toujours le moment de passer aux toilettes pour pouvoir observer cette photo. Je voulais savoir qui avait intercepté la balle, qui avait couru le plus vite ce jour-là, qui l'avait emporté. Je faisais des projections et finissais toujours par laisser perler une petite goutte dans mon caleçon, figé devant cet inconnu en short blanc qui était et *n'était pas* mon père. Cette contradiction me fascinait.

Après la période « cigares roux », il s'est lancé dans le triple saut et est devenu champion de Belgique, avec un saut à plus de douze mètres. Plus tard, il m'a assisté dans mes travaux de philosophie, lui qui ne lisait pourtant jamais de philosophie. Promu à Paris, il s'est mis à lire comme un dingue, tout Proust y est passé. À sa retraite, il a remisé ses costumes au placard, enterré ses cravates dans le jardin et est devenu maçon, deux ans, le temps de rénover de fond en comble la maison de Nénène, où Charles et sa famille vivent aujourd'hui. En ce moment, planqué dans les hautes herbes sous son chapeau de Monsieur Hulot, il regarde passer les oiseaux.

« Ce 23 décembre, écrit-il sur la page Facebook du village, vers 16 heures, une quinzaine de grues sont passées au-dessus de chez nous, direction sud-ouest. Ce qui n'est pas exceptionnel mais assez rare quand même. Au total, quelques centaines de grues cendrées sont encore passées au-dessus de la Belgique aujourd'hui. »

Aussi loin que je me souvienne, Papa a toujours été un colosse, une force de la nature dotée d'un sens aigu de la compétition. Questions : pourquoi suis-je tombé dans ce corps ? Pourquoi cette neige s'avance-t-elle sous mon front ? Pourquoi m'est-il de plus en plus pénible d'y voir clair ? Pourquoi ne suis-je pas davantage maître de mon entrain ? Sur une photo que j'ai retrouvée, une photo du milieu des années cinquante, il y a dans ses yeux une solitude qui me foudroie. C'est la Saint-Nicolas, il vient de recevoir un jouet en bois. Mais ce jouet, il l'a posé sur la table et le regarde à peine. À ses côtés, Papou, plongé dans la gazette des sports, et Nénène, dans le catalogue de La Redoute (je crois). Il m'a confié un jour que ces jouets, c'étaient ceux qui restaient, ceux dont les clients du magasin que tenait Nénène n'avaient pas voulu pour la Saint-Nicolas de leurs enfants. Des jeux de société. Or Papa était fils unique et personne ne s'embêtait à jouer avec des enfants, au milieu des années cinquante.

« J'ai des souvenirs de maman au magasin durant la journée, écrit-il. Puis de maman encore au magasin le soir, lavant le sol, les comptoirs à légumes et le frigo avec la viande. De maman réapprovisionnant les rayons… Et moi, je fonctionnais plutôt bien en me débrouillant tout seul et en jouant. » *Fonctionner plutôt bien.* Seul mon père peut écrire ça.

En plus de la CAV, qui était le magasin des chrétiens, il y avait la coopérative socialiste, pour les « rouges ». Nénène n'avait pas de clients socialistes, car il fallait choisir son camp. Les gens n'avaient pas le choix. Il fallait se mouiller. On était dans un camp ou on était dans l'autre, bien qu'à la salle du village, un Fanta coûtait le même prix pour tout le monde : 25 francs belges (un peu plus de la moitié d'un euro).

Chez Mémé, ça sentait l'encaustique, le cirage, la cire d'abeille, le timbre-poste et la poussière d'antiques Tintin compactés dans la bibliothèque. Chez Nénène, ça sentait le café moka, le Dash qui entrait dans la cuisine après avoir traversé le salon, les restes de fientes collées aux saintes pantoufles de Papou, la façon qu'ils avaient de cuire les pommes de terre dans telle casserole plutôt que dans telle autre, les oranges de montagne dans le panier sous la pendule à coucou, les mots qu'ils se disaient et la manière de se les dire, les boulets sauce chasseur, le vinaigre de la marque La Main Bleue, le panier à œufs dans le placard encastré dans le mur, Papou soi-disant incapable de ronfler mais ronflant comme nul autre en ce monde, les flammes dans le grille-pain, quand il y plantait son couteau, les bonbons Fruit-tella, les vases en tourmaline et les chips resservis d'un Noël à l'autre, humides et mous.

Chaque fois que je pense à eux, à leurs vestes élimées bien qu'impeccablement propres, à leur simplicité, à leurs bienheureuses poules, c'est le visage de l'URSS qui me vient à l'esprit. Un monde où l'argent ne signifiait pas tout. Je revois Nénène dîner avec ce simple morceau de pain et ses quartiers d'orange, les vitamines C trôner à côté du produit de vaisselle, le porte-torchons avec ses trois petites têtes en forme de trou de cul, les chapelets et le buis bénit, et je me dis que ce sobre mode de vie, c'est comme ça que je vois les choses aujourd'hui, n'indiquait finalement que ça : le capitalisme n'avait pas encore tout conquis. Depuis qu'ils sont partis, je vis avec l'impression que la moitié moelleuse du monde m'a été reprise. Sa douceur. Sa lenteur. Avec le sentiment que la vie est coupée en deux. D'un côté, une joie dormante. De l'autre, une tristesse, un regret. Et je sens physiquement la coupe. Combien je suis divisé. Enfant et vieux. Sensible et comme déjà revenu de tout.

Je ne sais pas s'ils ont été heureux. Je veux croire que oui, à leur manière. Mais il m'est difficile de ne pas penser à eux sans penser en même temps à ce que cette vie devait représenter comme ennui. Une masse colossale d'ennui. De temps qui ne passe pas. De vie réduite à sa plus basse intensité. Une vie de travail, d'effacement. « Peuple froid, indifférent, pas haineux, écrit le curé Lardo quand il débarque chez nous en avril 1941. Intelligence en dessous de la moyenne. Des carriers, des hommes de chemin de fer. »

Quand je montais les escaliers de chez Nénène, ceux menant de la rue à la terrasse aux géraniums, où Papou se tenait pour parler avec Adolphine, j'ouvrais bien grand les yeux. Papa disait que leur maison était l'une des plus vieilles du village et que, sans mon arrière-grand-père Alexandre, tailleur de pierre, elle n'existerait pas. J'aimais gravir ces escaliers, passer une main sur la façade et humer le grès, couleur avoine, que je trouvais si beau. J'avais l'impression de lui donner la main quand je touchais la pierre. Comme si plusieurs âges fusionnaient et que, un court instant, mon arrière-grand-père Alexandre ramassait ses os. Et se dressait devant moi.

En 1978, lorsque le Delhaize de Remouchamps a ouvert ses portes, les escaliers de la CAV sont soudain devenus problématiques. Ils retardaient les livraisons, disaient les patrons de Nénène. Le mieux, estimaient-ils, était de les raser et, à leur place et aux frais de Nénène, de faire installer un monte-charge moderne. Pratique. Commode. Mais Nénène refusa, et le Delhaize connut alors son heure de gloire avant d'être supplanté par un magasin plus rapide encore, et plus grand, qui ouvre même le dimanche : l'abominable Carrefour de Remouchamps.

« Quand il ne restera plus rien du monde classique, quand tous les paysans et les artisans seront morts, quand l'industrie aura fait tourner sans répit le cycle de la production et de la consommation, alors notre histoire sera finie », écrit Pasolini. Joan Didion le dit autrement, mais elle le dit aussi. « J'étais pour la première fois directement confrontée à l'évidence de l'atomisation, la preuve que les choses se désagrègent. Si je voulais retravailler un jour, il me faudrait accepter le désordre. » Le désordre, l'idée que « tout ce que nous avons aimé nous est enlevé à jamais », ajoute Pasolini.

Papou lisait le journal. *La Meuse*, comme Oncle Joseph. Mais il ne disait pas « le journal ». Il disait « la gazette ». Il m'a aussi offert les mots « hangar », « paletot » et « cache-poussière ». Pépé, lui, « sapristi », « mildiou » et « oraisons ». Et Mémé, « passe-montagne », « bégonias », « poule aux macaronis ». « Limonade » m'a été offert par Nénène, qui préférait dire « citronné ». « Un verre de citronné, mi p'tit fi ? »

Quand on montait dans leurs greniers, c'était un passé tellement éloigné de nous, un passé qu'on comprenait si peu, si mal (« massette », « rouet », « baratte »), un passé qu'on ne pouvait tellement pas nommer, qu'on avait l'impression de se trouver dans le futur ou au cœur d'un continent nouveau.

« Antoine est assez indépendant, note mon père le 1er mai 1991. Il lui faut toujours un peu de temps avant d'entrer dans des groupes. Il préfère regarder d'abord. Alors que Charles a besoin des autres, Antoine donne l'impression de pouvoir s'amuser seul assez longtemps : billard, balle... En sport, il travaille beaucoup pour s'améliorer. » Ces années-là, j'avais droit à la même phrase quand un ami me croisait dans le village : « Ton frère n'est pas avec toi ? » Ça me vexait, car c'était comme s'ils le préféraient à moi. D'un côté, je ne le supportais pas. De l'autre, ils voyaient juste. Je n'existais pas. Déjà alors, je m'acheminais vers ma vie de fantôme.

Je viens d'annuler un voyage à Berlin, un projet de résidence auquel je tenais, mais pas autant qu'à notre potager et à nos poules. Le printemps est là, comme toujours quand j'annule un voyage. L'effacement à la place du reste. Les intensités immobiles. *Via con me* de Paolo Conte. Jouer à la scopa, faire du feu. Elle est là, ma définition du printemps.

Déranger Pépé quand il était en présence de Dieu a toujours été interdit. Pire encore que de déplacer la statuette de saint Antoine. Que Pépé passe tout ce temps avec ses livres de prières et ses carnets de chèques destinés aux enfants d'Afrique, pour certains, ce n'était pas compréhensible. Un fanatique. Mais moi, Pépé me fascinait et je m'entraînais chaque soir à prier comme lui. Mon rêve : m'éveiller en ayant la foi.

Je priais tous les jours, enfant. Adulte, je n'ai prié qu'une fois, le jour de la naissance de Sélim. Je ne sais pas exactement qui j'ai prié, mais j'ai écrit une lettre avec les mots d'avant la parole, ça je m'en souviens, d'avant le monde, une lettre d'amour pour demander à cette force au-dessus de mes forces de ne pas abandonner Sandra, qu'un médecin opérait suite à une hémorragie interne. J'ai prié pour une chose évidente : qu'elle ne nous laisse pas seuls de ce côté du jour, Sélim et moi.

Quand on ne priait pas, on se gavait de la voix de Papou en train de peler ses pommes de terre à une vitesse d'escargot, avec une patience et une dévotion infinies, mais de manière à ce que le repas fût servi à l'heure pile : midi. Sa langue nous fascinait. Une langue unique, un mélange de wallon, de français et de tournures du pays flamand. Ainsi, quand Nénène sortait de chez le coiffeur, il disait qu'elle avait une « belle tête ». Quand il était en haut, à la salle de bains, il disait qu'il était « tout à fait en haut ». De même, il ne disait jamais « à mon avis », mais « à mon idée ». Pour « sortir le pain du congélateur », il disait « tirer le pain hors du congélateur ». Ses *r* roulaient comme des mottes de terre craquant sous le soc d'une charrue.

Un an avant de se marier, Papou avait eu un grave accident de moto. Tout le monde le croyait foutu, mais, après vingt et un jours de coma, il s'était écrié : « *Godverdomme!* Mon mariage! Je vais déjà louper mon mariage! » Et il était revenu chez lui en héros. Mais les neiges de son coma lui tournaient autour, disaient les gens. Ce n'était plus le même homme. Est-ce pour cela que tout ce qu'il faisait, il semblait le faire en volant, quelques petits centimètres au-dessus du niveau du sol? Il arrivait qu'il sorte son canif et coupe la queue d'un chien. Quand on lui demandait pourquoi il faisait ça, sa réponse était toujours la même : « C'est comme ça, ça a toujours été comme ça, c'est une race sans queue. » Et cela aussi, il le disait en volant, quelques petits centimètres au-dessus du niveau du sol.

En automne quatre-vingt, un chat noir lui a coupé la route en haut du village. Moto détruite, enferrée dans un pin parasol. Il retombe sur la tête. Vingt-cinq points de suture. Quand il reprend le travail, ses gestes ne sont plus les mêmes. Il a des problèmes de concentration, de cadence. Je fais sa connaissance à cette époque. Il est allongé dans le fauteuil. Sa radio est constamment allumée. De temps en temps, il se lève et va nourrir ses poules, tondre le gazon et débroussailler ce qui doit l'être (à peu près tout doit être débroussaillé selon lui). Il a bon appétit. Il peut toujours conduire sa Volvo et Nénène et lui partent régulièrement à Palma de Majorque ou Benidorm. Parlait-on de ses accidents ? On ignorait ses accidents. On ignorait jusqu'aux motos.

Avec Charles, on a toujours pensé que s'il ne voyait pas les couleurs comme nous (il était daltonien, un mot qui nous faisait rire parce qu'il mêlait Dalton et dalmatiens), ce n'était pas à cause de ses chutes à moto, mais parce qu'il avait perdu sa mère quand il était enfant, et que le deuil altère notre vision des couleurs. Pour toujours, il change la manière dont on perçoit le monde. La tasse rouge dans laquelle il buvait était bleue. Le bleu de la nostalgie. Le bleu du visage disparu de sa mère Elisabeth. Il pleurait quand il en parlait. Quand il est mort et que Nénène s'est retrouvée seule au milieu des objets de toute une vie, elle a continué à lui parler comme s'il se tenait là, à ses côtés. « Dis, mi'fi, as-tu pris tes médicaments comme le veut le docteur Jacob ? » « As-tu pensé à fermer le hangar ? » Le soir, elle lui souhaitait une bonne nuit. En embrassant son oreiller. J'ai conservé la louche avec laquelle elle versait la soupe à la tomate et aux boulettes dans les grandes assiettes rouges, c'est-à-dire bleues, la louche avec laquelle elle versait la pâte à crêpes dans la poêle adéquate, de marque Tefal. J'ai conservé l'ouvre-bouteille qu'utilisait Papou, ainsi qu'une pile de leurs vieux gants de toilette. Des objets magiques, tendus entre mémoire et oubli.

Lorraine, encore plus nostalgique que moi, pense que le chat de Nénène, qui lui a survécu et s'appelle Pupuce, est un messager de l'au-delà. Pupuce est plus qu'un simple chat, dit-elle. Pupuce témoigne. C'est une présence. Quand on la voit, on voit Nénène et on ne la voit pas. Ce qui est à la fois terrible et beau.

C'est là, vers huit ans, que j'ai commencé le sport qui allait changer ma vie : l'athlétisme. On le pratiquait au CAF, Club d'athlétisme de la Famenne, à Barvaux-sur-Ourthe, à raison de deux entraînements par semaine. Les autres jours, on traçait des lignes à la chaux sur la route devant la maison, et, chrono en main, on faisait des compétitions, moi contre Charles. Un « contre » qui disait la proximité et la rivalité, car tout était défi. Ainsi, à partir de ce jour, on ne marcha plus, plus jamais. Maman avait besoin d'œufs ? On courait jusqu'à chez Nénène. Elle avait besoin de lait ? Idem. Notre vie s'appelait joie. Ce sont les plus beaux moments de mon enfance.

Quand je pense à Charles, je le revois systématiquement à cette époque bénie de l'athlétisme. Ce que l'école nous prenait d'un coté, l'athlétisme nous le rendait de l'autre. Là où l'école « tuait » l'enfance, l'athlétisme la relançait. Là où l'école nous voulait stables, dociles et unifiés, l'athlétisme nous voulait multiples, insaisissables et toujours plus nombreux. Chaque soir après l'école est une jubilation. On sprinte, on entonne à tue-tête *Comme un ouragan* de Stéphanie de Monaco. Le sport devient musique, chant et prière. On ne jure que par lui et les seules heures qui comptent, les seules qui nous importent sont celles qui nous unissent au saint tartan : les heures où on s'entraîne au stade.

Très vite, par l'athlétisme, la fiction est entrée en nous. Car ce n'était pas nous qui courions, mais des projections de nous, des sortes d'avatars à qui on prêtait des noms et qui sprintaient pour nous, à notre place. Quand Charles n'était pas avec moi, je me glissais dans la peau des athlètes du Santa Monica Track Club, où évoluait notre héros, Carl Lewis. J'étais tous les athlètes du Santa Monica et je les faisais s'affronter dans de terribles Olympiades, qui avaient pour décor la terre battue de la route devant chez nous.

Peu à peu, je me mis à me construire un monde peuplé de créatures, de jeux et de résonances, un monde de paroles hors duquel vivre n'était rien. Très vite, je cessai de pratiquer l'athlétisme pour moi seul, ça ne m'intéressait plus, être premier ou second, récompensé ou pas, je m'en foutais, d'autant plus que Papa y voyait un réel enjeu, lui. Mais moi, je prenais chaque départ en m'imaginant être un autre coureur, auquel je donnais des noms et un tas de caractéristiques, pendant que, tout bas et dans le même temps, je commentais la course à la manière d'un journaliste. Le public n'y voyait que du feu. Comme Papa, qui ne se doutait pas que ce n'était pas moi qu'il félicitait quand je gagnais, mais bien Anton Libermans, Evgueni Sakomatof ou Alter John Lewis (plus les noms étaient pittoresques, mieux c'était), mes personnages fictifs préférés, grâce auxquels j'ai longtemps fait du sport.

Les mots les plus rapides devinrent mes préférés. Les plus courts. Notre théorie, alors, était qu'il y avait une correspondance entre l'explosivité du nom des athlètes et leurs performances. Florence Griffith-Joyner, son nom griffait la piste. Bob Beamon, c'était un bond à lui tout seul. Heike Drechsler, c'était la rage, l'arrachement. Linford Christie, la vitesse et le vent. Au foot, on adorait Ruud Gullit, mais on lui préférait Marco Van Basten, au même AC Milan, parce qu'il était dans nos bouches comme un dribble à lui seul et que personne ne dribblait comme lui, hormis Maradona, Diego Armando, mais comment en aurait-il était autrement avec un nom pareil ? En cyclisme, Pantani. En natation, Matt Biondi. Au tennis, Martina Navrátilová, John McEnroe. Plus les noms allaient vite, mieux c'était.

Je revisionne la finale du saut en longueur des jeux Olympiques de Tokyo. J'écoute la voix de Patrick Montel, qui est la voix de mon enfance et dont je pensais qu'elle poussait les athlètes dans le dos, passant mystérieusement du micro à la piste et aux chaussures cloutées de nos héros. Tous les records du monde en athlétisme doivent quelque chose à Patrick Montel, même s'il n'y est pour rien. J'écoute sa voix et elle n'a pas changé. « L'histoire se rappellera qu'un homme en blanc est parti en courant dans le stade, Mike Powell, 8 mètres 95. » La nostalgie, c'est un applaudissement du passé. Dans une main, il y a des larmes. Dans l'autre, beaucoup de joie.

Ayrton Senna, Alessandro Del Piero, Marie-José Pérec, Rubens Barrichello, Michael Jordan, Saïd Aouita, Stefan Edberg, Surya Bonaly, Jean-Michel Saive, Steffi Graf, Svetlana Boginskaya, Michael Johnson, Pedro Delgado, Gail Devers, Merlene Ottey, Cincinnati, Indianapolis, Flushing Meadows, Roberto Baggio, José René Higuita, Batistuta, Luc Nilis, Scottie Pippen, Monica Seles, Jan Ceulemans, Paolo Maldini, Sergueï Bubka, Ivan Lendl, Jean-Pierre Papin, Shaquille O'Neal, Miguel Indurain, Monte-Carlo, Monaco, Greg LeMond, Magic Johnson. Elle est là, notre enfance, au milieu de tous ces noms, dans l'intensité de leur élan.

Notre inspiration, nos jeux, comme des produits d'importation, venaient en droite ligne des États-Unis. Le Santa Monica Track Club, les Charlotte Hornets, les Spurs de San Antonio. Aujourd'hui, les films et les histoires dans lesquelles on parvient à se plonger sans trop de peine, quand arrivent le soir et l'oubli, c'est Netflix. Quand ce n'est pas le cas, on s'emmerde. Et cet ennui aussi a quelque chose d'américain.

En parallèle, ma manie de tout chronométrer s'amplifia. Comme une maladie, chronométrer devint une façon non pas de capturer le temps, mais de lui donner du goût : trente-quatre secondes pour enfiler mon pyjama. Cinquante-sept pour me brosser les dents et filer me coucher. Trois minutes quarante-sept pour monter chercher le lait chez Nénène. Tout ça, toutes ces choses qu'il fallait faire mais que je détestais, c'est grâce à lui, à mon chrono, que je les ai accomplies, parce qu'il plaçait ma vie sous couvert de fiction et que, déjà alors, j'étais terrorisé par l'idée d'être moi.

Aujourd'hui, cette terreur a rempli ma vie. Je veux dire : un type qui écrit ne construit aucune œuvre, il n'est pas un démiurge, il n'est personne, littéralement, il n'existe pas. Je crois que quand on vit ça jour après jour pendant longtemps, cette jouissance douloureuse de n'être personne, que quand on vit ça assez longtemps, je crois que oui, on peut écrire.

Combien de personnages ai-je incarnés depuis que je suis en âge de le faire ? Combien de noms ai-je inventés, combien ont resservi, combien en ai-je retenus ? Si je faisais la liste, combien de bristols de la CGER faudrait-il pour dire ça, cette distance qui me sépare de moi ? Et qui *est* moi ?

Je n'étais pas destiné à écrire, mais à flotter. Simplement, je me suis aperçu que l'écriture était un excellent moyen pour ça, sans ennuyer personne, en plus. Je veux dire : je ne fore pas, je ne disque pas, je ne parle pas dans un micro, je n'ai pas d'avis à donner, ou à défendre, d'idées à faire valoir, je ne prends pas ma voiture le matin, ni mon vélo, je n'emmerde aucun collègue et n'oblige personne à me parler, encore moins à me téléphoner, je n'ai pas besoin de bureau, de fax, de logistique, le confort ne m'intéresse pas, ou très peu, je n'ai pas besoin d'être propre, d'acheter des costumes, de me coiffer, de m'habiller, non, je m'assieds gentiment à ma petite table, et j'écris.

Parfois, je me demande si mes qualités d'enfant n'ont pas fait de moi un adulte pitoyable, si mon refus d'aller vers les autres ne m'a pas transformé en type étroit, terrorisé par tout. Si, avec le temps, les charmes qu'on prêtait à cette soif de mondes parallèles, et de dédoublement, ne m'ont pas enfermé dans ce lieu où seul compte ce qui se lit et ce qui s'écrit. Et si les qualités qu'on prête aux écrivains, pour finir, ne relèvent pas davantage du pli autistique que du talent. Mes livres sont-ils autre chose que mes maladies déguisées ? Des peurs qui cachent leur nom ? Je sais qu'écrire, c'est se traverser de part en part en acceptant tout ce que l'on croisera, tout ce que l'on touchera du doigt et que l'on entendra. Même ce qu'il y a de plus terrible. Car cela, il faudra parvenir à l'aimer.

Quand on n'a pas d'horaires précis, pas de raison de sortir de chez soi le matin, pas de raison de quitter son lit, quand on n'a que soi et ses pensées, comme moi et comme tant de monde, les maisons se referment sur nous, et nous digèrent. Tout nous coûte, tout devient lourd, compliqué. Acheter du pain. Payer une facture. Notre sagesse ? Quelle sagesse ? On s'autodétruit. On devient pour soi-même un poids. La moindre chose que l'on entend résonne en nous pendant des jours. Un écureuil qu'on croise dans les coteaux est une épiphanie. On ressasse. On s'épuise. On ne sait plus par où on souffre, mais on souffre, et cette souffrance nous tient en vie. On murmure pour nos proches d'infinis « sauvez-moi », mais nos proches ne nous entendent plus car ils nous ont toujours connu comme ça. Dehors, la plus petite lumière fait l'effet d'un bain abrasif. Elle nous console, puis elle nous tue, car une fois dissipée c'est encore plus de solitude. Je pense parfois que les gens comme nous devraient être aidés à coups de treuil. Qu'on devrait nous sortir, nous exhumer, casser les murs de nos maisons, brûler nos lits, ravager nos bibliothèques et nous emmener au milieu d'un vaste champ de tournesols où, tendrement mais avec vigueur, nous épousseter. Quand je marche avec ma mère, elle finit toujours par me devancer un peu. Elle se détache de moi, imperceptiblement. Au bout de quelques minutes, elle se met à chanter, redevenant la femme volante, la femme qui chante pour bercer le silence qu'elle porte en elle. Ensuite, se retournant, elle me sourit. Je sais si bien ce que signifie ce sourire. Je sais si bien que, même à l'air libre, les gens comme nous ne quittent jamais leurs plis.

Quand je n'étais pas en train de courir, je jouais aux Playmobil, inventant des récits qui me plaçaient tour à tour dans le rôle du bourreau et de la victime, dans le but de me dédoubler. Et, pendant que mes parents se reposaient d'eux-mêmes dans le salon, une question m'obsédait. Toujours la même : qu'est-ce qui fait que je tiens à moi ? Qu'est-ce qui fait que je ne peux pas me supprimer alors que, sans arrêt, je commente mes pensées, que je me regarde vivre et que je ressens, à chaque instant, toute la distance qui me sépare de moi ? J'ai huit ou neuf ans quand cette pensée me traverse. Elle reste l'énigme de ma vie.

Même quand je me trouvais accompagné, je passais beaucoup de temps seul. J'écoutais les voix des parents et de leurs amis, les chants, les hurlements des supporters des clubs de Fraiture et d'Izier, les insultes racistes, et je prenais appui dessus. Ces voix étaient mes rampes de lancement. Et au-delà, il n'y avait rien. Uniquement le silence où je me retrouvais, pleinement en vie et pleinement différent, pleinement moi-même, et simultanément personne, rien.

Avant de voir et de comprendre, nous avons écouté, nous avons entendu. Nous étions des battements avant d'être des yeux.

À l'époque, je ne doutais pas de ma capacité à pouvoir me survivre ; vivre durerait toujours. À présent, je vis avec l'idée que chaque seconde est la dernière. Je me vois stoppé en plein élan, au milieu même de ce paragraphe. Et voilà pourquoi je ne l'écris pas, ce livre des années magiques, je le sprinte. Parce que je ne me fais pas à l'idée de mourir, parce que je ne me fais pas à celle de ne plus sentir ce bout de crayon s'user entre mes doigts, et que je refuse de ne plus connaître ce bonheur de bondir comme je le fais maintenant. Nulle part et partout à la fois.

La Petite Kabylie, Liverpool, Saint-Pétersbourg, la Sicile, nous y avons séjourné, mais en dormant à même les nattes en paille de leurs sonorités, blottis entre leurs syllabes dont nous visitions chaque recoin, depuis les grands palais jusqu'aux piazzas en passant par les belvédères et les promenades le long des fleuves. Partout, on se déplaçait en suivant les couloirs colorés des mots venus d'ailleurs. « Marco Pantani » ? Il était l'intérieur de la chapelle Sixtine, le sommet de l'Etna, de la pâte à pizza et cette Méditerranée mirifique où nous n'avions encore jamais mis les pieds. Parce qu'on bougeait très peu, le moindre détail nous émerveillait quand on déambulait dans les villes. Elles étaient plus belles qu'en nos rêves. Quand je découvre Bruxelles, je suis pris de panique et de joie. À chaque carrefour, je vois la vie lancée à toute allure, assise à la terrasse d'un café, mordant dans un croissant au beurre ; la vie ballotée en poussette par des mères tellement mieux habillées que par chez nous ; la vie gobant du regard une portion de ciel bleu.

Toujours est-il que suite à mon affiliation au Club d'athlétisme de la Famenne, je n'arrête pas de souffler des mots. La glose est infinie et les voix que je porte sont de plus en plus vastes, complexes. À dix ans, je peux passer dans la peau de centaines de personnages, mais je ne le montre pas. C'est mon secret. Je me parle tout le temps, tout bas, pour rendre mobile le temps (par la parole, l'accélérer) et m'en trouve tous les jours un peu plus cassé et en retard sur la conquête de ma prétendue identité. Tant mieux. Je persiste et signe. Je n'ai aucune envie d'être moi.

À dix-huit ans, alors que je partage un appartement avec Charles (les grandes années : nous nous « nourrissons » exclusivement de Chimay bleue et de cinéma), j'ai recours aux mêmes méthodes de duplication. Pour cuisiner, je me mets dans la peau de grands chefs étoilés, m'invente des noms qui sonnent et des tablées de convives. Je n'ai pas le choix : ou je cuisine en m'imaginant être quelqu'un d'autre, que je m'ingénie à faire vivre du mieux possible, ou je ne mange pas. Sans le pouvoir de la parole, vivre est une abstraction.

Pendant que Maman nous conduisait à l'entraînement d'athlétisme sans se douter de rien, je tenais mon sac contre moi et je parlais aux arbres, qui me parlaient en retour. Eux et moi, nous étions les deux faces d'un même être. Comme du temps où ma poupée Mary comptait pour moi. Un être biface, voilà ce que nous étions Mary et moi. À tel point que, parfois, on inversait les rôles et c'était elle qui s'occupait de moi, qui devait me soigner, me laver, etc. Ce que je recherchais ? Un lieu où, à proprement parler, rien ne se passerait. Aucun amoncellement ni déplacement de matière. Aucune construction. Aucune destruction. Aucun gain. Aucune perte. J'écris là, dans la ligne de cette ancienne perception. Celle d'avant le partage des eaux. Quand tout était lié et que ce qui était à moi était aussi à toi.

Sans le savoir, on savait que le village avait eu un casino et une cour de justice, qu'un autre étang avait existé et que, quelque part dans les années vingt, le Farman monoplan qui reliait Paris à Berlin s'était crashé dans le pré face à Oneux. On savait qu'une bombe volante était tombée à cent cinquante mètres de l'église, et que le bombardier américain, abattu en décembre 44, avait laissé au coin des rues de la chair humaine carbonisée. Quand on jouait près de la carrière, on entendait le pas des mammouths qui y avaient vécu il y a cinq cent mille ans, les hommes, armés de pieux et de lances en silex, qui cueillaient, chassaient et vivaient dans ce monde qu'on ne pouvait qu'imaginer. Visible et invisible n'étaient pas séparés, alors. Les lieux guidaient nos pas. À présent, ils se taisent. Et voilà ce qui est le plus dur quand on se réveille de nos souvenirs : seul existe ce que l'on voit.

Au Vieux Tilleul, lieu magique à trois pas de la maison, tout était calme, étrange, jusqu'au chant des oiseaux. On y fumait des lianes, protégés de tout. Au Trou de la Bombe, redevenant mobiles, on sautait dans les airs avec nos BMX, vrombissant, chutant et nous relevant avant de se cracher à la tronche le contenu de nos gourdes en métal. Le Pierreux-Champs. La Belle-Roche. Les lieux étaient plus que des lieux. C'étaient des scènes de théâtre. Ils nous soufflaient nos jeux.

Nénène aussi me fascinait, car outre le fait qu'elle réalisait les meilleurs « boulets sauce chasseur » de la planète, elle « signait » les gens. C'était une guérisseuse des campagnes, une « rebouteuse ». Douleurs aux dents, saignements. Elle soignait tout. Mais l'asthme, non. Pour l'allée de feuilles mortes qu'étaient mes bronches, c'était fichu. Sa sœur, Nelly, ne possédait pas de don. Mais elle sondait les lunes. Quant à Papa, pourtant connu pour sa capacité à convertir tout problème en solution mathématique, il maniait le pendule. Madame Boline, elle, pensait que le mal qui affectait quelqu'un pouvait être transmis à une autre personne, à un animal, à des objets. Les vaches qui ne donnaient pas de lait avaient été victimes d'un mauvais sort et, pour elle, il fallait s'en remettre aux « arbres à clous » pour se débarrasser de nos maladies. Nous emmenant voir le tilleul de Lillé, celui des Floxhes et le vieux chêne Saint-Antoine, qui comptaient parmi les derniers spécimens de la région, elle disait : « Tous ces bouts de fer incrustés dans l'écorce, vous les voyez ? C'étaient des maladies. L'arbre les a mangées. En les mangeant, il a en débarrassé les gens. » Ce principe de transmission du mal qu'on retrouve dans cette croyance aux arbres à clous, j'y suis sensible. Il y a dans l'écriture un peu de ce principe.

Carnet de notes de ma mère, 14 janvier 1981, 21 h 30 (je nais le lendemain matin) : « Laure, Amandine, Violaine ? Et si c'est un garçon ? François, Antoine, Guillaume ? Décidons ! Si c'est une fille, ce sera Laure. Pour un garçon : François nous plaît beaucoup, mais ce prénom est très courant. Guillaume ? Très joli mais, je le sais, sera mal prononcé à Liège. Antoine ? Louis aime vraiment bien. Moi, je ne suis pas emballée. Pourtant, quand je me souviens du petit Antoine du film *Toute une vie*, je me dis que c'est très mignon. De toute façon, d'après les "lunes" de Tante Nelly et le "pendule" de Louis, ce sera une fille. Alors, pourquoi se faire du mouron ? »

Mars 86. Parce que je suis somnambule, Papa appelle à la rescousse un sourcier du coin. Un grand gars, broussailleux, avec des sandalettes en cuir type berger. Muni d'une baguette en Y, il place des croix dans les angles de ma chambre, des traits sur le linoléum. Un « sorcier », dit Charles, planqué derrière la porte. Les nuits qui suivent, j'imagine des courants d'onde traverser les entrailles de la terre. Des voix. Je suis persuadé que les morts parlent. Je suis persuadé que les nœuds de Hartmann, dont a parlé le sourcier, sont le siège de leurs voix. Sans quoi, comment expliquer que Tante Fine parle sans arrêt à feu Oncle Louis ? Tante Nelly à feu Oncle Joseph ? Et bonne-maman Flore, à ce cher Alexandre Périlleux ?

Papa n'arrêtait pas de travailler, de partir. À part pendant les grandes vacances (deux ridicules semaines alors qu'on avait tant de choses à partager), il apparaissait et disparaissait tour à tour. Mort et vivant. Avant de filer, il nous laissait parfois quelques lignes sur la table : « Bonne journée, mes grands. » À côté : les délicieuses tartines à l'omelette pour notre repas de midi, qu'on prendrait dans l'atroce réfectoire régenté par le couple Denoël. Papa était le dieu des tartines à l'omelette. Ces jours-là étaient différents de tous les autres, encore meilleurs que ceux des tartines à la banane, car j'oublie de dire qu'il était aussi le dieu des tartines à la banane. Mais elles, parce qu'elles se gâtaient dans nos cartables, elles étaient réservées aux week-ends.

Avec le temps, la CGER devint le nom que lui et Maman donnaient au phénomène magique de ses disparitions. Si ses vacances étaient si courtes ? CGER. S'il rentrait si tard ? CGER. S'il était quelque peu nerveux ? Idem. Si bien que la Caisse générale d'épargne et de retraite se transforma en une sorte d'usine où se rendaient les pères qui n'avaient pas la chance de travailler aux champs, un lieu tout en béton, où il faisait très chaud et où tout puait le café thermos. Voilà de quoi nous étions sûrs, Charles et moi. Papa ne partait pas travailler. Dans notre esprit, il partait mourir.

L'année de mon entrée à l'école primaire, moi aussi je partis mourir. Madame K., immédiatement, me terrorisa. Ses gros mollets surtout. Et sa voix. Elle hurlait comme une possédée. On l'appelait Cheval. Dans nos cauchemars, elle tombait sur nous et nous piétinait, étouffait nos rires et nous rendait lourds comme du plomb. Le reste du temps, elle hurlait dans la classe où on restait assis, prêts à recevoir les mots comme on reçoit la communion, avec une boule au ventre et le soulagement, immense, quand c'est fini.

J'aimais lire, j'aimais apprendre, mais ce que j'aimais surtout, c'était regarder les longues jambes brunes de mes camarades par en dessous des bancs. En particulier celles de Louise Marcelin. Glissant mes yeux entre elles, l'asthme, qui dès le premier jour de classe avait sévi, l'asthme qui fut la réponse immédiate de mon corps aux questions qui quotidiennement lui étaient posées – sur la grammaire, les triangles scalènes, le roi Baudouin et Fabiola –, l'asthme, pendant tout ce temps où je rêvassais, disparaissait. Puis la voix de Cheval revenait, et avec elle les cris, et la peur et l'angoisse : mourir là, d'étouffement.

Cheval. J'ai fait courir sur son visage toutes les formes de la consternation. Elle a fait beaucoup de choses pour moi. Mais malgré ses efforts, je ne l'écoutais qu'à peine. Il n'y avait rien de vivant dans sa voix, dans sa classe. Et le malheur, je me disais, c'était le grand mur d'ombres que ces choses sans vie voulaient projeter sur nous.

Pour passer le temps, tandis que Cheval criait, je collectais mes cheveux, j'arrachais mes croûtes et conservais dans une boîte en fer-blanc mes rognures d'ongles (une expression qui me répugne et me répugnera toujours) pour en faire des cairns, toutes sortes de montagnes hirsutes que j'élevais entre mes cuisses et observais discrètement. Ça me donnait l'impression d'exister. J'y ajoutais mes squames, mes cils, mais seule l'odeur de résine cachée sous l'ongle de mon pouce m'aidait à trouver le calme, et à me sentir bien. Avec elle, je retrouvais l'extérieur, l'air frais et l'odeur des veaux dans les étables de Jacques Martin. Une odeur qui contenait à peu près tout ce que me faisait perdre l'école. Quand je la respirais, je respirais.

Face à Cheval puis à ses successeurs, je compris que si je voulais échapper à une mise à mort par l'ennui, il ne me suffisait pas de regarder par la fenêtre, non, je devais travailler activement à ce flux de paroles qui me projetaient ailleurs, dans ces steppes que je retrouverai plus tard, avec l'écriture. C'est ainsi que ma langue se mit à pousser comme une graminée dans ma bouche, un haricot magique qui me parlait des carrières de granit, de chaux brûlante et de grands champs de silence. Sans pouvoir l'exprimer encore, je compris que la parole et l'écriture étaient directement abouchées au silence.

En un battement de cils, je me projetais dans des mondes de lumière. Ça ne me demandait aucun effort. Quand Cheval nous parlait de pays étrangers, je les voyais tout de suite. La Martinique, c'était l'autre côté de la place où se trouvait l'école, derrière le gros érable. Pour atteindre la montagne Pelée, j'enjambais le ruisseau. Il y avait de la joie en moi et je me sentais peuplé. C'est encore le cas aujourd'hui. J'écris pour rester nombreux.

Avant d'être un acte d'expression, écrire est un acte d'écoute. Il faut longtemps se taire et apprendre à entendre, puis seulement parler.

Si celui qui écrit doit avoir une qualité, ce n'est pas de se changer en fille s'il est un garçon, ni de devenir vieillard, feuille de marronnier, bras de fleuve, bouse de vache ou poisson de mer, mais celle de se souvenir des voix qu'il porte en lui, et qu'il lui faut entendre puis faire parler. C'est une schizophrénie. Mais une schizophrénie de pleine santé.

Je ne sais pas s'il fait jour ou si c'est la nuit. Je ne sais plus qui je suis ni quel âge je peux avoir. Je suis avec Maman. Je pense à elle, aveuglée par la neige au sommet du col de Fraiture. Elle pianote sur le volant glacé de la Polo et chante, avec Charles et moi, des chansons d'Elvis. Avec son bonnet sur la tête, elle ressemble à une cosmonaute, un pilote de navette spatiale. Elle chante avec sa joie, avec sa nostalgie. Et moi, je regarde sa nuque sous son écharpe, et je me dis que c'est la seule chose réelle en ce monde. Je pense au fait qu'un jour la neige recouvrira tout, même sa nuque. Je pense à ce qui se perdra et ne reviendra plus. Je chante avec elle, avec Charles. Tout vient de là. De ma mère, de la neige et de ces plaines infinies où il ne se passait strictement rien. Était-ce une vie joyeuse? Charmante? On ne pensait pas à ça. On occupait le monde autant qu'on le rêvait. Carnet de Maman, mars 83 : « Antoine et Charles mangent avec Odette. Odette leur dit : une pomme pour Charles et une pomme pour… Antoine répond aussitôt : En panne! » Voilà comme nous vivions.

J'ai dix ans. Je me rends chez Nénène et Papou quand soudain, devant le mur contre lequel on joue d'ordinaire au foot, l'envie me prend de m'y écrabouiller. Un instant, je m'y précipite, j'accélère, mais parce que je sens que je ne peux pas me tuer, que ça m'est impossible parce que je suis, que je le veuille ou non, lié à moi, je freine des quatre fers et je m'arrête. Je regarde le mur, je respire la glycine et je comprends, à cette seule impossibilité de me détruire, que je suis tenu à moi comme un chien à une laisse, et que cette servitude s'appelle vivre. J'ai cessé d'être enfant ce jour-là.

Souvent, je pense que tout ce que je cherche dans ma vie, je le cherche depuis cet endroit, depuis ce mur. Et que chercher ce qu'il y avait de l'autre côté revient à chercher ce qu'il y avait avant, avant les mots. Mais je n'ai que les mots pour ce faire, pour rejoindre ce qu'il y avait avant.

Cet été-là, la langue m'a partagé en deux. Car qu'est-ce qui est venu me fendre, si ce n'est les mots, leur offensive en moi, ce jour où j'ai voulu rentrer dans le mur ? Voilà à quoi je pense depuis ce moment-là, ce lieu-là, partition de toute ma vie.

Divisé par les mots et les dictées dont nous afflige Cheval, j'entre en dialogue avec moi, j'entre en opposition. Et je comprends qu'avoir les mots, c'est les avoir plantés dans le ventre et les sentir hacher les chairs. Que parler, d'une certaine manière, c'est se séparer de soi. En me donnant naissance comme individu, comme sujet, le langage me change en même temps en spectateur de moi-même. À huit ans, je comprends, non, je sens, car c'est une expérience incarnée, l'ironie profonde du langage.

Caché sous la table, je murmure de façon à ce qu'il ne m'entende pas : « Cher Papou, de quelle couleur est le chagrin ? Le monde des daltoniens est-il créé par la douleur ? Déforme-t-elle les couleurs ? Depuis que l'idée a surgi de m'enfoncer la tête dans le mur de la glycine, tout ce que je vois est gris, neigeux. Je vais à la ferme ? Un voile blanc s'étend sous mes yeux. Je vois Louise ? Un voile blanc s'étend sous mes yeux. Je vois Charles sauter en longueur ? Mes joues brûlent, un voile blanc s'étend sous mes yeux. Il n'y a que le vélo qui m'aide. Rouler, voler. Comme si je frottais ma peine à des peines plus anciennes, aux squelettes des soldats enfouis dans le Chafour et aux cornes arrachées des taureaux, près de ce lieu qu'on appelle La Machine. Lorsque je roule, je vois que la vraie couleur du monde n'a rien à voir avec le blanc. La vraie couleur du monde, c'est le vertige, c'est la foi. Disparaître pour vivre plus fort. Pour exister mieux. Je prie pour exister mieux. »

Malgré elle, l'école fait naître et prospérer la poésie à même cette blessure des mots. On dirait que je peux voir, dans la langue, à chaque fois que je joue – et je joue en verbalisant tout –, des promesses de hauteurs et de vitesses nouvelles. L'envers exact de ce que nous apprend Cheval. Les mercredis après-midi, on plonge dans le bois du Haleux et on descend jusqu'à l'Amblève, où vit la vieille Marie. Je l'entends, j'entends sa voix et l'orgue de Barbarie dont elle ne peut pas ne pas jouer. C'est étroit, chez elle. Plus étriqué encore que la maison d'Oncle Joseph et de Tante Nelly, mais en version crasseuse. Son service de table consiste en trois bols en céramique, trois petites cuillères façonnées par elle (en céramique aussi) ainsi que deux couteaux et une casserole à fond gris, griffée de partout. Elle boit sa soupe à la louche, directement dans la casserole. Quand je débarque avec Louise, par esprit de contradiction, elle ne sort qu'un seul bol. « Partagez-le ! Vous n'allez quand même pas me faire sortir tout le service ! » Elle nous regarde. « Bon, allez, c'est bien parce que c'est vous ! »

La vieille Marie a inventé un jeu. « Quand donc êtes-vous morts aujourd'hui ? » Toutes nos visites chez elle commencent par là. Le jeu consiste à découper le trajet qui mène chez elle en quatre sections de même longueur : jusqu'à chez Nénène, jusqu'au terrain de foot, jusqu'au bois du Haleux, puis jusqu'aux rives de l'Amblève, où elle habite. Une section équivaut à vingt-cinq points. Vingt-cinq points valent vingt-cinq années. Le but ? Couvrir toutes les sections sans rencontrer un seul humain, ni de voiture, d'avion ou de tracteur. Si on y arrive, promet Marie, on mourra centenaires. Dans le cas contraire, tant pis ! Elle le dit à chaque fois qu'on arrive. « Non de non ! Vous êtes encore morts si jeunes aujourd'hui ! Revenez demain, n'est-ce pas ? Demain, il y aura de la soupe aux poireaux ! Mais pour une fois, bon sang, tâchez de mourir vieux ! »

Le jour de l'enterrement de Papou, une fanfare militaire joua *La Brabançonne*. Les vieux occupaient les premières places, au même titre que la famille, tandis que le reste du village défilait, les uns droits, effleurant du bout des doigts la photo en équilibre sur le cercueil (Papou en train de tondre la pelouse avec un incroyable sourire, comme s'il avait découvert une mine d'or), d'autres de façon théâtrale, genou au sol, comme s'ils ne devaient plus jamais se relever. Puis la vieille Marie s'est dressée, elle a boitillé jusqu'au parvis, ouvert la porte, hissé sur le parvis son orgue de Barbarie, et, n'écoutant que son cœur, elle s'est mise à chanter. Et lentement, quittant le monde souterrain, Papou est apparu : son cache-poussière à double poche, la première pour son mouchoir, l'autre pour son canif, ses gestes lents, sa silhouette pliée au sommet du cerisier, la douceur de sa voix, sa façon de rouler en voiture en rasant les murs, et de ne jamais freiner, ou trop tard. Apparu comme ça. Dans un chant. Lumineux. Tel qu'il avait vécu.

La vieille Marie était une révolutionnaire. En été, elle arrachait une grosse salade et trois belles courgettes mûres. Elle préparait de la soupe. Puis elle revenait vers nous, des étoiles dans les yeux. « Venez ! » Elle tapotait la terre, y plantait quatre pieux, puis plaçait sa capeline en feutre par-dessus. « Voilà, on dort ici, si vous voulez, à la belle étoile. Qui dort encore à la belle étoile aujourd'hui ? Qui fait ça, hein ? » Quand je pense au milieu des années quatre-vingt, je vois la capeline noire de la vieille Marie. Nos nuits sous le vaste ciel.

Après l'école, on se retrouve dans les ravines, où on se jette avec Louise, qui m'embrasse sur la bouche et qui, parce que je le lui demande, remplit les poches de mon pantalon de tout un tas de choses qu'elle aime aussi, des épines, des orvets, du bois flotté, mouillé, des coquilles, de la boue, des salives. J'ai besoin, au contact de ces choses vivantes, de me laver des mots que l'école me flanque dans le crâne, pour qu'enfin – hurle Cheval – j'arrive à tenir parole et à devenir quelqu'un. C'est là, dans ces ravines, que je me mis à travailler à mon futur métier, doublant ma vie d'un écho non pas d'écriture – pas encore, pas déjà – mais de rythmes, de sons, de fables et de musiques n'ayant qu'une seule fonction : me faire sortir de moi.

Dans ces ravines, on disait qu'on vivait ailleurs, dans des corps qui n'étaient ni ceux de garçons ni ceux de filles. Et que nos mots filaient comme les plombs de la carabine de Papou quand il tirait sur les poules. Aussi vite qu'eux. Des mots dont on ne devait pas répondre tellement ils allaient vite. Beaucoup plus vite que nous. Si vite.

Ce qui me posait question, c'était ma continuité. Comment je pouvais rester le même, comment je pouvais vivre alors que je ne me sentais pas lié à moi, ou de très loin, si peu. Cette espèce d'unité conservée malgré le passage du temps, d'unité maintenue dans le changement, l'inconnu que j'étais, voilà sur quoi je me cassais les dents. L'autre enfant, celui qui me regardait dans le miroir de la salle de bains de chez Pépé. Qu'on puisse me nommer, me reconnaître, me paraissait insensé. Je vivais avec le sentiment que quelqu'un se trouvait en moi, mais je ne pouvais pas croire que ce quelqu'un était moi. Je ne pouvais pas croire que ce quelqu'un était réel, que cette voix était la mienne, c'est-à-dire la sienne, ni que c'était à moi que les autres s'adressaient. Et puis il y avait le temps, un grand courant d'air, et dans ce grand courant d'air, il y avait moi, un autre courant d'air, quelque chose d'incapable de se vivre vraiment.

Nous raconter des histoires devint notre activité préférée, à Louise et moi. Chaque fois qu'on se voyait, elle me parlait d'Hitler, qui tantôt se cachait dans sa cave, sous son lit, ou revêtait les traits de son instituteur, qui se nommait Schils, ou Schiels, j'ai oublié. Elle avait la phobie d'Hitler, mais plus encore de la Gestapo. Du bruit des bottes de la Gestapo. Moi, je lui parlais de Mobutu et de Yasser Arafat, dont les noms me terrorisaient. Et j'avais le sentiment que nous étions les deux parties d'un tout, même si Louise était nombreuse comme moi, elle qui avait toutes sortes d'amies imaginaires qu'elle faisait parler tour à tour, en agitant ses mains. Une amie à chaque doigt.

« Ici, tu vois, hurlait Louise, *ils* ont abattu la vieille Jeanne Lawarrée et incendié sa ferme. Ici, *ils* ont déclenché tout un tas d'incendies pour débusquer les maquisards. Et là, regarde, *ils* ont détruit les stèles commémoratives de la Première Guerre. » Même quand on était allongés dans le foin, qu'on s'embrassait et qu'elle s'arrêtait brusquement pour demander si je savais qu'*ils* avaient aussi fusillé des enfants, je savais qu'elle me parlait d'*eux,* qu'elle n'appelait jamais les Allemands, mais les Boches.

Comme Pépé aussi me parlait de la guerre, elle finit par entrer en moi par chacun de mes pores. Feu des stukas. Voitures à moisson délabrées. Cadavres suspendus dans les arbres sous l'effet de bombes soufflantes. Chevaux éventrés couverts de mouches à viande. Pépé, à la Libération, disait que lui et ses camarades avaient dû vivre dans des caves, des granges et des maisons à demi effondrées. Au milieu de maladies se répandant comme des traînées de poudre. Du reste, il affirmait que personne n'osait quitter le village, parce que les champs étaient infestés d'explosifs. Pépé n'écrivait pas, il priait. C'était un moine. Mais il m'arrive de penser que je lui ressemble, quand, pendant des semaines, les gens qui me connaissent oublient le son de ma voix, parce que je suis en train d'écrire.

Après ma prière du soir, je faisais des prophéties. Pas uniquement pour moi, mais pour toute la famille, pour tout le monde. Dans trente ans, je me répétais tout bas, mes cheveux ne couvriront plus qu'une moitié de mon crâne. Il y aura des embouteillages pas possibles, même dans les petits villages comme Monchenoule, Haute-Monchenoule, Lignely et Fraiture, mais je prendrai toujours le même plaisir à répéter leurs noms. Dans trente ans, 086 400 638, le numéro de téléphone de Pépé et Mémé, ne sera plus attribué, et Andrée de Hanut, la bonne amie de Mémé, reposera sous terre elle aussi. Dans trente ans, je ferai quelques compromis, mais ne travaillerai pas dans un bureau. Aucun bureau. Dans trente ans, personne ne se souviendra qu'ici, le long de la rivière, au milieu de vieux clous, de sabots et de boyaux de chèvres, vivait une très vieille dame nommée Marie. Dans trente ans, ma moustache sera aussi imposante que celle de l'oncle Tomasi, qui, depuis sa tombe wallonne, enverra des messages aux vivants pour qu'ils le ré-enterrent en Flandres. Mais qui sait, dans trente ans, s'il restera des gens pour comprendre la langue des fantômes ?

Je reste un enfant « heureux ». Mais depuis l'incident du mur, les lignes ont bougé. Jouer n'est plus pareil. Me mêler aux autres non plus. Du brouillard s'est glissé entre nous, un brouillard d'autant plus terrible qu'il est intérieur, si bien que quand ils se mettent à évoquer leurs futurs métiers, à affirmer certaines idées et à avoir des projets personnels, je n'ai, moi, je dois le constater, plus aucune certitude, sinon celle d'être totalement abstrait. À partir de ce moment-là, les mots deviennent plus concrets que les choses. Mon âge, mais également mon corps, tout devient plus « abstrait ». Comme si je n'en avais plus, ou plusieurs à la fois. Ou comme si je ne parvenais plus à m'atteindre. Toute ma vie tenue à distance. Quelque chose de ce goût-là.

Tout ce que je fais est empreint de nostalgie, une tristesse qui me rend presque heureux. Un bonheur différé, quelque chose comme la joie du regret. Est-ce cela que mes parents veulent dire quand ils écrivent que « je peux leur parler s'il y a la moindre chose. Si j'ai quelque chose à leur dire » ? Ont-ils vu, eux aussi, les lignes se mettre à bouger ?

Plus tard, quand j'arrive au collège, une chose me pétrifie : la taille des rhétoriciens. Je les trouve immenses. Quand ils passent dans les couloirs, je ne vois pas seulement des tours géantes et couvertes de poils, mais les jours, les mois et les années qui me séparent de ma libération. Je vois mon propre chemin de croix, infini, insensé. Mon sentiment ? Avoir pris la peine maximale.

Très vite, mon journal de classe voit rouge, ultra-rouge. Mes professeurs sont épuisés : « bavardages, punition non faite, devrait perdre l'habitude de faire ses réflexions tout haut, répertoire non signé, "crache" sur son banc, attitude désagréable ». Quant à mes camarades, au jeu consistant à deviner l'avenir professionnel qui nous attend, ils me prédisent : « tu seras un petit homme d'affaires brillant et extrêmement intelligent ; je t'imagine cadre dans une entreprise ou directeur d'une entreprise ; je vois un mode de vie particulier qui t'amènera à des occupations créatives ; capable de te sortir de toutes les situations, pas de profession fixe, plus d'amusement que de travail ; il modèlera sa vie à sa guise, comme il voudra, il écrira sans doute des histoires, des pensées et trouvera son plaisir dans l'écriture, simplement. »

Je ne fréquente plus le collège. Je lis. Je reste dans ma chambre, incapable de nommer ce qui m'arrive. Et c'est justement ça que je tente de mettre en mots, en noircissant mes premiers carnets. Je cherche ce que je ne *peux* nommer mais que je *dois* nommer. Sans m'en rendre compte, je descends la fameuse Rudolf-Biebl-Strasse dont parle Thomas Bernhard dans *La Cave.* Le chemin opposé, dit-il. L'autre chemin.

« Merci, m'écrit mon père en janvier 2001 (j'allais fêter mes vingt ans). Merci d'être qui tu es. Comme tu es. Garde bien précieusement cette clé que tu as découverte. La clé du ciel, du brouillard, du bruit du vent dans les arbres. De la vie. Tu es un gars bien, parce que tu comprends, tu écoutes, tu sens, tu vis, tu souffres. Faudra que tu écrives tout ça un jour. Pour toi. Pour ceux que tu aimes vraiment. Mais tu as certainement déjà commencé. C'est tout ce que je te souhaite. Papa. »

Il est amusant de constater, alors que je place les dernières pièces de ce puzzle, que ce qui a tué mon enfance (les mots) m'a également sauvé la vie.

C'est un matin normal. Maman entre dans notre chambre. Elle nous regarde et propose que nous fassions une liste avec deux colonnes. C'est un exercice, dit-elle. Dans la première colonne, nous devons écrire et imaginer les points positifs liés au fait hypothétique, éventuel, d'avoir un jour un petit frère ou une petite sœur. Dans l'autre, les inconvénients. J'ai retrouvé ce bout de papier. Colonne 1 : promener bébé, jouer, lui donner son bain. Colonne 2 : des taches d'encre masquent des biffures.

Lorraine naît le 9 avril 1990. C'est un autre monde. Les gens y ont l'obsession de la richesse, des rêves d'annexes pharaoniques et de vrais barbecues. Les voitures ont grossi. Clôtures et systèmes d'alarme poussent comme des rosés des prés. Papa travaille toujours beaucoup. Il passe près de quatre heures par jour au volant. Charles, lui, va faire sa grande communion, recevoir sa première chaîne hi-fi, devenir fan de Nirvana. Quant à Maman, elle décide de ne plus enseigner, pour pouvoir s'occuper de nous. Cette pensée me laisse sans voix. Qu'elle ait sacrifié une part de son bonheur pour nous.

L’onde de choc de la chute du Mur. La fameuse réunification, mais l’argent comme distance. Le fait que posséder permette d’élever de nouveaux murs ou de jeter entre sa propriété et celle du voisin autant de mètres de barrières, clôtures ou palissades qu’on le souhaite. Le fait qu’il n’y ait plus aucune honte à gagner et dépenser beaucoup, de s’isoler en première classe, de se garer sur le trottoir des « pauvres » et de rouler plus vite que les autres, dans des bolides. Le sentiment que l’argent, c’est le droit. Le fait de ne plus se prendre la tête à acheter dans un magasin de gauche ou de droite, la seule chose qui compte étant que tout soit unifié par des actes d’achat. Tout a commencé bien avant, mais il est là, pour moi, l’endroit de la cassure, au début des années quatre-vingt-dix, quand Colin Powell et Norman Schwarzkopf sont de tous les JT, et qu’il s’agit de bien « vendre » cette fameuse guerre du Golfe à l’opinion publique. Quand Jordan, Dylan, Jennifer et Kelly deviennent des prénoms à la mode. Quand Papa se met à passer à des marques de voiture allemandes, et que même Maman, sans s’en rendre compte, se met à rouler plus vite.

L'écriture vient toujours après. Après la fracture. Après la faille. Quand vient le manque.

Becco village, avril 2022

Merci à la Fédération Wallonie-Bruxelles pour la bourse d'aide à la création qu'elle m'a octroyée.

Merci à Mathilde Lévêque et à Déborah Lévy-Bertherat de m'avoir donné l'idée de ce livre, en me demandant, début 2018, quelques inédits pour la *Revue critique de fixxion française contemporaine.*

Merci à David Giannoni d'avoir publié ces mêmes inédits sous le titre *L'Enfant des ravines,* l'année suivante, aux éditions Maelström.

Du même auteur
chez d'autres éditeurs

Debout sur la langue
maelstrÖm reEvolution, 2008

Ali si on veut
(avec Ben Arès)
Cheyne, 2010

Césarine de nuit
Cheyne, 2012

Sylvia
Cheyne, 2014

L'Enfant des ravines
maelstrÖm reEvolution, 2019

Le Musée des contradictions
Éditions du Sous-Sol, 2022
(Prix Goncourt de la nouvelle)

Chez le même éditeur

Collectif
Compagnies de Mathieu Riboulet
Françoise Asso
Déliement
Reprises
Par-dessus le toit
Patrick Autréaux
La Voix écrite
Le Grand Vivant
Se survivre
Quand la parole attend la nuit
Pussyboy
La Sainte de la famille
Jérôme d'Astier
Les Jours perdus
Lutz Bassmann
Haïkus de prison
Avec les moines-soldats
Les aigles puent
Danse avec Nathan Golshem
Black Village
Leonor Baldaque
Piero Solitude
Pierre Bergounioux
Le Grand Sylvain
Le Matin des origines
Le Chevron
La Ligne
Simples, magistraux et autres antidotes
Un peu de bleu dans le paysage
Back in the Sixties
Carnet de notes 1980-1990
Carnet de notes 1991-2000
Carnet de notes 2001-2010
Carnet de notes 2011-2015
Carnet de notes 2016-2020
Les Forges de Syam
Une chambre en Hollande
La Capture (coffret livre et DVD)
Correspondance, 1981-2017 (avec Jean-Paul Michel)
Romain Bertrand
Qui a fait le tour de quoi ?
François Bon
Temps machine
L'Enterrement
Prison
Le Solitaire
Paysage fer
Mécanique
Quatre avec le mort
David Bosc
La Claire Fontaine
Mourir et puis sauter sur son cheval
Relever les déluges
Le Pas de la Demi-Lune
Patrick Boucheron
Léonard et Machiavel
Prendre dates (avec Mathieu Riboulet)
Nous sommes ici, nous rêvons d'ailleurs (avec Mathieu Riboulet)
Joë Bousquet
D'un regard l'autre
Papillon de neige
Les Capitales
Géva Caban
La Mort nue
Carmen Castillo
Un Jour d'octobre à Santiago
Béatrice Commengé
Une vie de paysages
La Danse de Nietzsche
Alger, rue des Bananiers
Jean-Louis Comolli
Une terrasse en Algérie
En attendant les beaux jours
Marie Cosnay
Villa Chagrin
Esther Cotelle
La Prostitution de Margot
Didier Daeninckx
Le Goût de la vérité
Rue des Degrés
Histoire et faux-semblants
Cités perdues
La Repentie
Les Figurants
Le Dernier Guérillero
Cannibale
La Mort en dédicace
Retour à Béziers
Le Roman noir de l'Histoire
Emmanuel Darley
Un gâchis
Un des malheurs
Marc Delouze
C'est le monde qui parle
Pierre Demarty
Le Petit Garçon sur la plage
Richard Dembo
Le Jardin vu du ciel

Laure Des Accords
L'Envoleuse
Grichka
Michèle Desbordes
La Robe bleue
La Demande
L'Habituée
Un été de glycine
L'Emprise
Les Petites Terres
Camille De Toledo
L'Inquiétude d'être au monde
Thésée, sa vie nouvelle
Une histoire du vertige
Tonino Devienne
Domaine de Breakdown
François Dominique
Solène
Dans la chambre d'Iselle
Pierre Dumayet
Le Parloir
La Maison vide
La vie est un village
La Nonchalance
Brossard et moi
Eugène Durif
Une manière noire
Vincent Eggericx
L'Art du contresens
Peau d'ogre
Mémoires d'un atome
Claude Esteban
L'Ordre donné à la nuit
Trois Espagnols. Goya, Velázquez, Picasso
Ivan Farron
L'Appétit limousin
Alain Fleischer
Grands hommes dans un parc
Pris au mot
Mummy, mummies
La Vie extraordinaire de mon auto
Benjamin Fondane
Le Mal des fantômes
Écrits pour le cinéma
Le voyageur n'a pas fini de voyager
François Garcia
Federico ! Federico !
Le Remplacement
Bye bye, bird
Christian Garcin
Labyrinthes et Cie
La neige gelée ne permettait que de tout petits pas
L'Autre Monde
La Piste mongole
Des femmes disparaissent
Ienisseï
Armand Gatti
Le Couteau-toast d'Évariste Galois
La Parole errante
Œuvres théâtrales
L'Enfant-rat
Les Arbres de Ville-Évrard
Le Poisson noir – Un homme seul
Notre tranchée de chaque jour
Les Analogues du réel
Le Monde concave
Opéra avec titre long
La Traversée des langages
Michaël Gluck
Partition blanche
Rebecca Gisler
D'oncle
Élise Goldberg
Tout le monde n'a pas la chance d'aimer la carpe farcie
Georges-Arthur Goldschmidt
Le Poing dans la bouche
Le Recours
Celui qu'on cherche habite juste à côté
Sylvie Gracia
L'Ongle rose
Pavel Hak
Vomito negro
Guka Han
Le Jour où le désert est entré dans la ville
Jean-Baptiste Harang
Prenez un coq
Jours de Mai
Laurent Jenny
Le Lieu et le Moment
Gil Jouanard
Le Jour et l'Heure
Le Goût des choses
Plutôt que d'en pleurer
D'après Follain
Mémoire de l'instant
Bonjour, monsieur Chardin !
L'Envergure du monde
Michel Jullien
Compagnies tactiles
Au bout des comédies
Esquisse d'un pendu
Yparkho
Denise au Ventoux
L'Île aux troncs
Intervalles de Loire
Andrea de dos
Luba Jurgenson
Au lieu du péril
Le Semeur d'yeux
Samy Langeraert
Mon temps libre
Les Deux Dormeurs

Hélène Laurain
Partout le feu
Annie Le Brun
Appel d'air
Pierre Lepape
Ruines
Raymond Lepoutre
Ernesto Prim
Alain Lercher
Prison du temps
Le Dos
Les Fantômes d'Oradour
Le Jardinier des morts
Alain Lévêque
D'un pays de parole
Bonnard, la main légère
La Maison traversée
Le Ruisseau noir
Ling Xi
Gorge des Tambours
Marielle Macé
Nos cabanes
Sidérer, considérer
Christophe Manon
Extrêmes et lumineux
Pâture de vent
Porte du Soleil
Jean-Michel Mariou
Poison d'or
Hugo Marsan
Le Corps du soldat
Le Balcon d'Angelo
Emma Marsantes
Une mère éphémère
Jean-Yves Masson
L'Incendie du théâtre de Weimar
L'Isolement
Ultimes vérités sur la mort du nageur
Anne Maurel
La Fille du bois
Colette Mazabrard
Monologues de la boue
Un jour, on entre en étrange pays
Daniel Mesguich
L'Éternel Éphémère
Jean-Paul Michel
Correspondance, 1981-2017
(avec Pierre Bergounioux)
Natacha Michel
Autobiographie
Plein présent
Pierre Michon
Vie de Joseph Roulin
Maîtres et Serviteurs
La Grande Beune
Le Roi du bois
Trois auteurs
Mythologies d'hiver
Abbés
Corps du roi
L'Empereur d'Occident
Les Onze
Vermillon (avec Anne-Lise Broyer)
Je veux me divertir
Dieu ne finit pas
Fie-toi à ce signe
Les Deux Beune
Maurice Nadeau
Le Chemin de la vie
Anne Pauly
Avant que j'oublie
Claude Pérez
Amie la sorcière
Conservateur des Dangalys
Jackie Pigeaud
Théroigne de Méricourt,
La lettre-mélancolie
Laurence Potte-Bonneville
Jean-Luc et Jean-Claude
Christophe Pradeau
La Souterraine
La Grande Sauvagerie
Les Vingt-Quatre Portes du jour
et de la nuit
Jacques Réda
La Sauvette
Le Lit de la reine
Les Fins Fonds
L'Affaire du Ramsès III
Mathieu Riboulet
L'Amant des morts
Avec Bastien
Les Œuvres de miséricorde
Prendre dates (avec Patrick
Boucheron)
Lisières du corps
Entre les deux il n'y a rien
Quelqu'un s'approche
Le Regard de la source
Nous campons sur les rives
Les Portes de Thèbes
Nous sommes ici, nous rêvons
d'ailleurs (avec Patrick Boucheron)
Olivier Rolin
La Langue
Bric et broc
Veracruz
Sibérie
Emmanuelle Rousset
L'Idéal chaviré
Saturnales de Swift
Oaristys
Lionel Ruffel
Trompe-la-mort

Jean-Jacques Salgon
07 et autres récits
Le Roi des Zoulous
Ma vie à Saint-Domingue
Place de l'Oie
Parade sauvage
Obock
Dominique Sampiero
La Lumière du deuil
Le Dragon et la Ramure
Michel Séonnet
La Tour sarrasine
Que dirai-je aux enfants de la nuit?
Anne Serre
Le • Mat
Petite table, sois mise!
Petite table, sois mise! et autres contes
Dominique Sigaud
Partir, Calcutta
Dans nos langues
Pierre Silvain
Le Jardin des retours
Julien Letrouvé colporteur
Assise devant la mer
Les Couleurs d'un hiver
Bernard Simeone
Acqua fondata
Cavatine
Sarah Streliski
Accident
Philippe Sollers
Le Saint-Âne
Emmanuel Venet
Ferdière, psychiatre d'Antonin Artaud
Précis de médecine imaginaire
Rien
Marcher droit, tourner en rond
Virgile s'en fout
Guy Walter
Un jour en moins
Outre mesure
Antoine Wauters
Nos mères
Moi, Marthe et les autres
Pense aux pierres sous tes pas
Mahmoud ou la montée des eaux

Cet ouvrage a été achevé d'imprimer en mai 2023
dans les ateliers de Normandie Roto Impression S.A.S.
61250 Lonrai
Nº d'imprimeur : 2301671
Dépôt légal : août 2023
Imprimé en France